細讀 李翠瑛 著

新詩的掌紋

【自序】
給你一支新詩的釣竿

　　如果說教學是一門藝術，我寧願將它歸為學生與老師的自由創作；如果說賞評是進入新詩世界的開始，我寧可引導學生拿起這一把鑰匙，親自開門。給他魚吃，不如教會他使用一支釣竿。

　　詩的世界裏有各種畫面，虛虛實實，變化多端，卻在美麗的虛幻中，有著最具體而實際的創作技巧與修辭，架構起浪漫與想像的繽紛世界，純粹感受的直感與訴諸理性的解析，兩者也同時並存於詩域中。創作與理論像雙胞胎，面貌相似卻各自獨立，來源相同卻各自發展。瞭解作品，可從理論中窺知創作技巧，從創作中歸納理論精華，兩者實有相輔相成的效果。

　　讀詩，是歡喜的，讀詩，也可以是痛苦的，因為，詩的語言往往是一道高聳的城牆，擋住去路，讓讀者在門外空徘徊，所以，在多年的教詩過程中，我首重新詩語言的理解，再次推究創意的呈現，以及意象的表達，修辭與創作技巧則在其中漸露端倪，隨著解詩的過程，詩的創作本質，就會如黎明初現的朝陽，漸露光采，直至全然光亮。

　　從眾多的賞評文字中，我渴求一種深入創作技巧領域的說明，既兼顧詩的本旨，又揭櫫創作的技巧，因此，寫作此書，對讀者而言，是跨上詩意探討的初階；對想創作的人而言，是

給了一隻釣竿，釣起創作的修辭與技巧；對詩的熟稔者，卻可提供的另一種深入的思考。

因此，擺脫短篇簡單的賞評，本書試圖以最深入詩意的方式，加以長篇文字的探討，提供另一種解釋的可能。擺脫傳統的詩家個人歷史背景的敘述，直接以詩作本身的技巧與內容為主要論說對象，以文本為關注的焦點，這種接近新批評的論述方式，使我不必過多地關心作者，而將賞評放在詩作本身的藝術創作技巧上，無疑使我也擺脫許多既定印象的干擾，而能站在高處，專注於藝術創作手法的辨析。

然而，本書對於那些企圖對新詩有高度想像的人，或許是一種剝奪，剝奪的是各種解釋的可能，讓詩歸於一義，在某種程度上或許抹滅許多想像的空間，但是，在未入門而想入門，或是已入門而想更深入的人而言，這卻是一條路徑，有百花叢放，有鳥語嚶嚶，總是引導你進入花園之後，尋幽探訪的雅興就交給入園的人了。

新詩幽深的意境中，詩的好壞評賞有時並未建立起完整的評量標準，但是，文體本身的存在與發展卻是重要的，那是伴隨白話文學以來，屬於現代的文體，足以與古典詩詞互別苗頭的，那是記在歷史上有一筆的，屬於現代人的「詩」。因此，詩人的存在更是重要的，存在的臍帶有一部份掌握在讀者的手中，一部份在文學獎高額的獎金與聲名之中，但是，我更希望那是一種普遍性的美感薰陶，當人們的心境多一分想像與浪漫，所有的建築、傢俱、美景與城市，凡眼睛所及的事物，乃至於樹木的形狀、咖啡杯的姿態、秋葉的飄動、春色的盎然，

甚至於人與人、人與物之間的距離，都會添增特殊的溫柔與情意。

有詩的世界不再是孤單而死板，生活也不盡然只是生存二個字，春綠秋黃，夏荷冬風，都自有不同的風情與體悟，換上一顆「詩心」看事物，生活除了硬梆梆的無聊之外，還會多一分感性與體貼。所以，欣賞者是更為重要的，如果有更多的人、更多的掌聲與理解，就會創造新詩更多的機會，也會攀登創作的高峰。

本書篇章從 2001 年起至 2005 年止，每一篇文章皆已發表在《明道文藝》、《翰林文苑天地》等刊物，在本書付梓之前，對於篇章已經重新訂定並作部份修改，與原發表的文字略有不同。

本書獲得「**教育部頂尖大學——元智人文通識與倫理計劃**」之補助，有助於推動新詩教學與人文精神之陶冶。出版緣起，最感謝詹海雲老師的鼓勵，同時也感謝國文天地梁總經理與主編欣欣、月霞的大力協助，希望本書能幫助更多讀者進入詩中世界，找到新詩的解讀方法，輕鬆揮起新詩的釣竿。

西元 2006 年仲秋記於元智大學逍遙心研究室

目錄

【導讀】
尋找美麗花園的路徑
——如何讀懂新詩

　　沉浸在古典詩詞的境界，我們常發思古之幽情，從文字的域界中暢遊黃鶴樓、洞庭湖，在西湖旁，思緒飛越古今，彷似進入歷代文人雅士的心情，與之喜悲哀愁，想像入夜的月亮，出於東山之上，似見李白舉杯邀請，影成三人的景象，這些景與情，如一幡想像的蕾紗，在人們心中勾引起許多悵懷幽思。

　　然而，時至今日，屬於現代人的詩，有稱現代詩，新詩，白話詩等，諸多文學名詞的稱呼，顯見文體的定位曾經在文壇上引起討論。然而，拋開名詞的爭論，自民國以來，去古典，捨文言，以白話為詩為文的趨勢至今已成定局。而新詩的發展也已經有八十多年歷史，新詩像一株成長中的榕樹，從幼苗到粗幹大枝，至今它仍在張開枝椏，伸展枝幹，向天地找尋更多的生存空間。

　　詩是現代文學中的一大類，與散文、小說共同成為重要文體，而詩的創作表現方式有別於小說與散文，需要更多的解讀與理解。詩本來就是抒發心靈、表達感情，甚至表達詩人個人見解的一種文字表現。有「美」的感受在其中，也有「理」的成分在內，讀不懂詩，是讀者的責任，也是詩人，甚至理論家的責任。因此，讀詩需要學習，詩的語言需要熟稔，才是打開詩的境界的一把鑰匙。

　　從讀詩解詩，特別是新詩融合古今中外，在文字與架構上突出古人，翻新求變的結果，使得現代詩在解讀上產生許多的歧義與誤解，這些則是對於讀者無形的傷害，同時也是讀者無力解讀時最大的懊惱。因此，本文針對現代詩中的幾個要素加以分析，讀詩者可參酌，創作者亦可參考，最主要是針對詩的理解，提出幾個方向，使讀詩的方法有路可走，有跡可尋。

第一節　形式媚力與表現方式

　　目前新詩在形式上分為三種：分行詩、圖象詩、散文詩。分行詩是大部份創作者採用的方式，圖象詩以模仿某一圖象作為文字排列的模仿對象，散文詩的形式如同短篇散文，易與散文相混。

　　作者既創造內容，也創造形式，形式是依內容而決定，不同的形式安排有時是故意的[1]，借由形式以造成作者心中所要強調的或是要表達的內容，因此，形式突顯出內容的意涵，而內容則決定形式，兩者皆為作者有意的創造。

一、分行詩

　　大部份的現代詩都是採用分行詩的形式。所謂「分行詩」是指詩句以「行」為基本單位，一行即為一句，詩中的一行即為一個句子單位，或是以分行斷句，例如一句被分為二行、三

---

[1]　見白靈《一首詩的誘惑》（台北，河童出版社，1999.04）頁38。

行、或四行，此時，分行就成為詩的節奏變化或是意象跳躍的
技巧。例如早期「格律詩」又稱「豆腐干體」，如聞一多的
〈死水〉：

　　這是一溝絕望的死水，

　　清風吹不起半點漪淪。

　　不如多扔些破銅爛鐵，

　　爽快潑你的剩菜殘羹。

詩的每一行都有九個字，形式像豆腐乾，即所謂戴著手銬腳鐐
跳舞。詩的每一行都是一個完整的語意或句子，分行就是分
句。但是分行也有另一種表現的可能，例如洛夫〈政變之後——
西貢詩抄〉：

　　所以說

　　當一排子彈從南門飛到北門

　　我們把自己點燃在

　　一盞憤怒的燈裏

此首詩沒有標點符號，如果用敘述的方式加上標點符號，詩
為：「所以說，當一排子彈從南門飛到北門，我們把自己點燃
在一盞憤怒的燈裏。」此為一個完整的句子，其中有兩個逗號
把句意略為停頓。但是，在這首詩中，分行不但是斷句，也是
節奏的變化。例如，前二句的分行取代標點符號的作用，後面

一句則被分成兩行，如此一來，分行的結果使詩意停頓，節奏中斷，特別強調出「一盞憤怒的燈裏」的重點。於是，分行就成為作者將節奏變緩、使語意強調的技巧方法。

分行也是創作者借以強調節奏或是塑造情境的方法之一。例如洛夫的〈有鳥飛過〉一詩寫的是：「晚報扔在臉上，睡眼中，有鳥飛過。」這是形容黃昏時一個人臉上蓋著晚報，快要進入睡眠狀態，睡眼中看到有鳥飛過。此時，作者在斷句的時候可能就會有一些考量，在分行斷句時可以寫成：

晚報扔在臉上
睡眼中
<u>有</u>
<u>鳥</u>
<u>飛</u>
<u>過</u>

或是：

晚報扔在臉上
睡眼中
<u>有鳥</u>
<u>飛過</u>

或是：

> 晚報扔在臉上
> 睡眼中
> <u>有鳥</u>
> <u>飛</u>
> <u>過</u>

因為斷句不同，在解釋詩意時也有所不同。第一個例子「有／鳥／飛／過」節奏是規律的，這隻鳥的飛翔狀態如同機械一般，不疾不徐飛過眼前。如果是第二例：「有鳥／飛過」，則是理性的口吻，有鳥一隻飛過，斷在「鳥」與「過」，如果是第三例「有鳥／飛／過」可見節奏前急後緩，其情緒上是驚見一隻鳥，而這隻鳥卻是在眼前慢慢飛過，終至消失。而作者最後決定：

> 晚報扔在臉上
> 睡眼中
> <u>有</u>
> <u>鳥</u>
> <u>飛過</u>

作者的節奏是前緩後急，看到鳥時並不驚訝，但發現鳥之後，驚鴻一瞥，鳥即飛過。鳥飛過的速度比發現鳥的時間點更快，表現出「飛過」的瞬間意象，使詩簡短有力，節奏以急收。

　　詩的分行沒有對錯，但是有好壞，視詩人表達的情境而定。若以此詩來看，第一例與第二例顯得較為機械而呆板，第三、四例正好相反。好與壞要看詩人想要表達的是什麼？此詩的主角，在黃昏時，窮極無聊，晚報扔在臉上，可見主角是在即將進入睡眠狀態中，不是全心全意在看天空中的小鳥，因此，對於主角而言，鳥的飛過不是重點，只是用來襯托主角的無聊以及進入睡眠狀態時外在的情境，因此，第三例前急後緩，有悚然而驚的效果，對於將入睡之人情境節奏不合。第四例，前緩後急，正好說明進入睡眠時那種半夢半醒的狀況，同時，臉上被晚報遮住，也僅能以眼角瞄到鳥的飛過，這是一瞬間就發生的事情，所以，前緩後急，表示主角無意看鳥，而在一看到鳥時，鳥已飛過，時間很短，作者也很快進入夢鄉。因此，詩人最後使用的分行反而最恰當地表現當時的情狀。

　　分行與斷句在這些不同狀況的取擇之中，一字之差可令詩句爛然生輝，亦可破壞所有美感。若此詩寫成第一例或是第二例，則情境無法顯現，也令人無法感受當下的半夢半醒的情感。初學寫詩的人常常在斷句與分行中過度使用（如第一例），或是使用的結果太過機械或呆板，而無法恰如其分掌握當下的感受，洛夫此詩的斷句相當絕妙，可供寫詩者細細琢磨。

　　有時詩人故意不分行，卻以不中斷的「長句」表現時間的意義。如管管〈缸〉：

　　有一口燒著古典花紋的缸在一條曾經走過

　　　清朝的轎明朝的馬元朝的干戈唐朝的輝煌
　　　眼前卻睡滿了荒涼的官道的生瘡的腿邊
　　　張著大嘴
　　　在站著
　　　看

此詩根據意思可以斷句如下：

　　　有一口燒著古典花紋的缸，在一條曾經走過，
　　　清朝的轎、明朝的馬、元朝的干戈、唐朝的輝煌。
　　　眼前卻睡滿了荒涼的官道的生瘡的腿邊，
　　　張著大嘴，
　　　在站著，
　　　看。

可是若依意義斷句，則會失去作者的原意，詩人使用長句目的
在寫缸從過去到眼前，從古典到現代，時間橫過數百年，這一
段時間中，似短而實長，因此，去掉標點符號，使用「長句」
製造綿延效果，讓時間感增強。所以，不斷句反而是增強詩意
的表現方式。此詩之妙亦在此處。
　　因此，分行與斷句是新詩創作上一個微妙的表現，在詩的
節奏與情境的表現上，充份利用分行，可以在微細處見出創作
者的創意與用心，讀者也可從細處欣賞詩的美感。

··· 訣竅

　　現代詩的分行與斷句，除了完整語意的表達之外，有時具有節奏或是強調的作用，視作者創作的意圖決定。讀者在賞析時，最基本的方法就是掌握節奏感的變化、頓挫之間的情思，然後再慢慢體會，比較那一種分行或斷句的表現方法最好，到此一層次，就會進入創作者對詩句斟酌、推敲的階段，也會還原創作者當時的創作情態，讀者若能體會，也就慢慢懂得欣賞與創作了。

二、圖象詩

　　詩具有空間感與建築性，借由形狀排列以表達意義，這是圖象詩（或稱具體詩）的形成。[2]圖象詩是將詩句排列成所要表達的圖象，借由文字排列的圖象以表達詩意。其要點有二：其一，圖象的選擇是詩題材的主要部份，故文字部份可以簡要，不必以過於艱澀或隱晦的文字書寫，亦不必特別強調奇特的意象效果。其二，圖象本身就是最大的創意，因此，排列的圖象往往只可有一，不可有二，具有不可重複性的特色。以詹冰的〈水牛圖〉為例：

---

[2] 見李瑞騰〈「圖象詩大展」前言〉於《臺灣詩學季刊》第三十一期，頁6。

<pre>
        角   角
          黑
</pre>

擺動黑字型的臉
同心圓的波紋就繼續地擴開
等波長的橫波上
夏天的太陽樹葉在跳扭扭舞
水牛浸在水中但
不懂阿幾米得原理
角質的小括號之間
一直吹過思想的風
水牛以沉在淚中的
眼球看上天空白雲
以複胃反芻寂寞
傾聽歌聲蟬聲以及無聲之聲
水牛忘卻炎熱與
時間與自己而默然等待也許
永遠不來的東西
只
　等待等待再等待！

詹冰此詩是以水牛為圖象，文字簡單而排列成「牛」的樣貌，
所以，牛頭為黑，上有牛角，牛的四肢與尾巴皆俱全。文字排
列成圖象，一方面引起讀者閱讀的趣味，一方面展現作者的創
意。

又如白萩〈流浪者〉：

<pre>
            一
            株
            絲
上 線 平 地 在 杉 上 線 平 地 在
</pre>

絲杉在平地上是一種獨立孤單的形象，作者以此展現遙遠以及
流浪者以天地為家的心境。圖象本身也是一種視覺的暗示，借
由文字排列的方式引起想像，或表現創作者的意圖。又如管管
的〈夜之鼓〉：

冬夜如酒
躺在
　　深
　　　深
　　　　深
　　　　　深
　　　　　地
　　　　　底
　　　　　下
　　　　　　的
　　　　　　甕
　　　　　　中

天地之間僅賴那隻更鼓
由
遠
而
近
由近而遠
急急的
敲著

深深的地底還包括了如階梯般向下緩降的特色，故以圖象表達
此種往地下深處潛去的意思。而鼓聲由遠而近，由近而遠，詩

人借由分行讓節奏產生頓挫，造成聲音緩慢出現的效果。

　　詩人在圖象詩的開拓上，增加許多趣味，除了單一形象的表達之外，也會利用形象的改變呈現詩人心境的變化，如紀小樣的〈雨傘故事〉：

渾濁。

世界變得越來越為複雜。我們越塞越為擁擠。而我們兩個的距離越來越長。歲月很漫長。空氣中，在一點點的彩虹又穿過。泥濘渾濁的越來越濕濕的泥濘。腳下。小小在路

我拉著自我墓穴越深深處。我清理和毀山。一致下庫裏是的危險和同。大陰。小。你說我游泳的生物有傘被遮難。而有在你越小在的灰色雜物被傘看見的成花朵。兩滲透並且的彩虹是的。另外有一把傘，雨傘撐開的花朵就此分道揚鑣。地奔向不同的方位。

讓這個雨後的發現與我的隱藏

更大的……連你（你）我突然想你個空間。沒有。雖然男人又說了三個太陽。於是全世界然而我們的心上更沒有真實的現在。而只會越走越短。只是一個女人想進入陽光普照的世界。而但是你和我撐大傘與黑傘，世界只介乎兩個人。另外還有一把傘需要傘。世界如今那常的花朵傘球

然而我心下能兩能把以為幼把的可把雛菊取暖。因為我走的傘、所以看不到盡頭。更濕滑了。更黑。

決定自己走過這個兩季的盡頭

那把小小黑色的孤獨的雨傘再撐出去不走我——

這把傘中含藏的人物有「我」、「搞過保險業」的男人，還有男人的三個女人，第一隻傘寫的是我與男人的戀情，並用雨的泥濘與危險象徵戀情的多舛，所以用「黑傘」，而傘是一把大傘，說明戀情是處於激情狀態。第二段則提出原因，原來男人除了女子之外，還有二個同時交往的女人，「花傘」正好雙關了男人的花心。同時，第二隻傘與第一隻傘比較，大小雖一樣，但是第二把傘的下方多出一隻柄，代表的是兩個人或兩人以上同撐一把傘，也暗合著男子的花心。最後，女子決定拋開花心男子與其它女人，自己一人走過雨季，所以第三把傘最小，是女子掙扎過後的心情，最後女子決定把傘收起，不再撐起黑色的孤獨。

三段之中，利用三把傘的大小、形狀，表示女子的心情與轉折變化，利用圖象的變化來表現情節的發展，這種表現方式發揮圖象詩的故事性，打破原本單一圖象表現單一情感的方式，而用三個圖象的變化造成三段式情節進展，這是詩人在創作上的創意與突破。

••• 訣竅

首先，特別注意的是：圖象詩本來是西方詩作中一種特殊的表達方式。西方語言屬拼音文字，必須從字句的結構上設計圖象的安排，以造成形、音、義的變化效果，但是中國的文字本身便具有形象性，在文字中即具有形、音、義，不需要依賴形式故意造成特殊效果。換言之，如把中國文字作圖象排列時，是有其限制的，有時也會有畫蛇添足的反效果，不如順其

文字本性，由文字本身的圖象自然形成效果，因此，有部份詩人是堅決反對圖象詩的。

再者，圖象詩強調創意與巧思。圖象詩具有唯一的、單一的、獨一無二的特性。當第一位詩人以某種圖象做為表達情思的方法之後，就不會有第二位詩人採取同樣的圖象，例如詹冰的〈水牛圖〉。如果有第二位詩人採取相同的寫作策略，就是模仿而非獨創。因此，圖象詩重在趣味性與獨一無二的創意表現，創意難尋，好的圖象詩不易大量出現，像曇花一現，卻能帶給人霎時的驚豔。

三、散文詩

散文詩又稱為「分段詩」，詩的形式如同散文一樣，整首詩的形式是由段落組成，表面上看起來像是一篇短篇散文，但是，其表達內容卻是詩。因此，散文詩的界定常有爭議，例如：朱自清的〈匆匆，太匆匆〉、徐志摩的〈常州天寧寺聞禮懺聲〉看起來像是散文，文字與意境又像是詩，在界定上有的歸之於詩，有的歸於散文，於是會產生爭議。

現代詩中的散文詩，具有強烈的詩的特質。其本質是詩，形式像短篇散文，但具有詩的意象、詩的暗示性，或是詩的隱喻效果，換言之，散文詩的語言是詩的語言，表現的是詩的意象，常利用隱喻與暗示，較不使用有因有果、合於邏輯的敘述語言。

表象是詩，形式像短文，卻具有詩的意象的散文詩，例如沈尹默的〈三弦〉，第一段寫的是靜悄悄的午後：

中午時候火一樣的太陽沒法去遮攔，讓他直晒著長街上。靜悄悄少人行路，祇有悠悠風來，吹動路旁楊樹。

第二段則是另一個場景：

誰家破大門裏，半院子綠茸茸的草，都浮著閃閃的青光。旁邊有一段低低土牆，遮住了個彈三弦的人，卻不能隔斷那三弦鼓盪的聲浪。

第三段跳到門外沉默的老人：

門外坐著一個穿破衣裳的老人，雙手抱著頭，他不聲不響。

這首詩分成三個主要意象，一是炎熱的中午，靜悄悄的路與風；一是畫面跳躍到破大門中彈三弦的人，以及三弦的聲浪；然後就是門外破衣裳抱著頭的老人。文字敘述指向畫面的呈現，而三個跳躍的意象提出三個斷層的畫面，讓讀者去思考，這是詩的思維方式與詩的意象，不是散文的語言，不會將來龍去脈或是情境變化的前因後果一一敘說。散文詩只是將畫面呈現，其餘則讓讀者自行想像。又如商禽的〈叛逃〉：

當我發覺自己眾多的影子竟然無視於我的停步不前各自背著光源悄然潛行之際，我嚇呆了。

　　我高舉雙手，它們低頭前竄。

　　我叱喝，它們逕自隱入不同的暗巷。

　　我驚叫。

若深究之，這是不合現實狀況與科學邏輯的語言，但在詩的語言中是被容許存在的。第一段的詩意暗示許多不同的自己對自我的背叛，隱喻內心有多個自我同時並存，不是「我」所能掌控的，第二段是作者發現事實之後的反應，越是想追回自我，越是追不回，最後一段，作者以驚叫結束。詩的意義必須透過三個鏡頭進行想像與解讀，無法在閱讀完成之時立即掌握文中的意涵。

　　詩的想像空間具有歧義性與多重的性格，可以讓讀者自行解讀，例如：可以從作者自我的掙扎角度思考，也可從題目〈叛逃〉看作者要表達的是何種意思，也可以從第一段與第二段中的「光源」與「暗巷」看作者是否有隱喻或暗示。如此，詩便具有各種的解釋與想像的空間，雖然是以散文的方式分段，但是由於文字的述說方式，透過意象（或畫面）的呈現，詩的隱喻、暗示、想像的成分多過於清楚明白的散文敘述，因此，詩意濃厚而視之為散文詩而非散文。又如商禽〈油桐花〉：

　　長在峭壁上的油桐樹，花朵從離枝到落地費時較久；而向左摺疊的花瓣向左，墜落時自轉左旋；仰望時，人右

轉，天空暈眩。

花朵緩緩下降，時間在慢慢旋轉，在每一朵花蒂著地之前，世上已發生了許多事件。單我，便曾咳過幾聲嗽，許過幾次願，並且老了好幾年。

這首詩的第一段是一個畫面，以慢動作的鏡頭寫花朵掉到地面的情景，人仰望，天空暈眩。第二段，由花的掉落聯想到時間的消逝，花的旋轉比喻成時間與生命的旋轉，而花的掉落雖然只是一瞬間，同時間內卻發生許多事情，詩人把花的掉落的時間拉長，把自己的生命中的大小事縮短，所以「咳過幾聲嗽」、「許過幾次願」、「老了好幾年」在短短的時間中轉瞬而逝。利用拉長與縮短事件來寫時間的快速流轉。又如蘇紹連的〈七尺布〉：

母親只買回了七尺布，我悔恨得很，為什麼不敢自己去買。我說：「媽，七尺是不夠的，要八尺才夠做。」母親說：「以前做七尺都夠，難道你長高了嗎？」我一句話也不回答，使母親自覺地矮了下去。
母親仍然按照舊尺碼在布上畫一個我，然後用剪刀慢慢地剪，我慢慢地哭，啊！把我剪破，把我剪開，再用針線縫我，補我，……使我成人。

蘇紹連的詩用超現實主義的手法將現實與非現實融為一體，借

此傳達詩人對於現實世界的看法。第一段用的是自己與母親的對話，母親「自覺地矮了下去」是一種感覺而非現實，是情緒上的退縮，不是真正發生的狀況。第二段，母親用剪刀在布上剪一個我，這是雙關，一方面指的是母親裁衣的動作，卻也雙關母親養我育我的過程，成長的代價有痛苦的滋味，使作者「哭」了，但也唯有此一「剪破，把我剪開，再用針線縫我，補我……」的過程，才會「使我成人。」以裁縫的動作暗示成長的痛苦。

••• 訣竅

　　散文詩形式如散文，不易分別，判別的方式是從意象與氛圍來看。語言簡練，篇幅短小，意象近於詩或是屬於詩，或者整首詩就是一個意象，表達的意思必須透過思索或是想像，有時具有歧義性，或是暗示、隱喻的特質，方可視之為散文詩。

第二節　打開詩人語言魔術的大門

　　現代詩的語言是高密度的語言，以小說、散文和詩比較而論，詩的語言密度＞散文語言密度＞小說語言密度。現代詩的語言是最為脫離一般口語系統的語言。詩的語言在密度上是最高的，就像是百分百純果汁，而散文的語言較為明朗，像百分之八十的果汁，而小說重在情節、對話與人物的呈現，文字的密度又更為淺白，像百分之五十的果汁。從這個角度理解，詩是濃度最高、密度最高的語言，因此，必須瞭解詩的語言特

色，才能理解詩意。

　　何謂密度高呢？也就是在最少的文字中蘊含最多的含義與暗示，壓縮文字，以最簡潔的文字方式呈現。舉例而言，小說的文字為：

> 　　此時，端午大會正在進行，主席宣告：「屈原是戰國時偉大的詩人，因為有他，我們有忠貞愛國的形象可以遵循，因為有他，我們吃端午的粽子，而這也是今天我們在此開會的原因，在此，有來賓張某某、李×× ……」。我的耳朵伸長，想要聽一句新鮮的開場白。排列等待上台吟誦詩歌的眾人在後臺準備妥當，黑壓壓的觀眾群伸長脖子要聽清主席的談話，我卻在平板的聲調中忍不住打起瞌睡。[3]

　　小說有情節有對話，重在過程的呈現。散文則可以在「我」的立場與角度發出看法。改寫如下：

> 　　臺前，粽形的擺設已點出主題，坐在臺下，我尋找主席冗長話語中一點點新意，試圖讓自己有振奮精神的理由。卻在熱沉沉的五月五眾詩人歌詠的聲浪中，逐漸沉入睡意的深洋，潛入黑壓壓人群中迷亂的意識。[4]

---

[3] 此文為筆者自寫。
[4] 此文為筆者自寫。

如果寫詩，就可以更為簡潔，並提出個人的感受：

> 端上一串促進午睡的大作
> 有龍舟自詩人咽喉夾泥沙滑落
> 我被大會的高潮深度催眠
> 隱約回到屈原註冊的江邊：（陳大為〈屈程式〉，收於
> 《再鴻門》）

　　詩的文字更簡單，在跳躍的意象中已經將背景提出，也針對個人的部份說出，簡要的文字中富含的是多重的意義，並交待清楚所有的情節。三者相較之下，小說直接重現當下發生的情節、對話與人物性格，文字較為鬆散；散文文字優美，較多前因後果的描述，其敘述性的語言講究流暢自然的表達；而詩，則是強調意象的表現，在最簡要的文字中含蘊更豐富的內容，並突顯創作者的主觀感情。

　　除此之外，詩的語言也會變化句式，使強調的重點突顯出來。所以，詩有時利用字面的倒裝或句型的錯置，使文字跳躍、句型變化而產生突兀感。若以文法句型來看，詩的語言以破格為常，破壞既定的句型，使原本流暢的文字變得不流暢，借此突顯字義。而散文則不然，流利可讀的文字，是散文語言，而非詩的語言。以此言之，詩的語言自然遠離口語。如瘂弦的〈坤伶〉：

> 十六歲她的名字便流落在城裏

　　一種淒然的韻律

第一行「十六歲」與下面並不連接，第一行與第二行也不能銜
接。換成散文語言則是：

　　　她才十六歲，便流落在城裏賣唱，她的命運非常淒涼。

主詞是「她」，而十六歲是敘述的賓語，後面所說的是她的遭
遇，然後下「命運淒涼」的結論。這是散文的語言敘述方式，
流利順暢而合於情理。換成詩的語言時，會用最少的文字傳達
較多的意思，因此這兩行詩的第二層意義，則可說為：

　　　她才十六歲便已成名，在各城市裏賣唱。

詩的語言能夠一語雙關，便是大量省略的緣故。上文省略連接
詞、省略標點符號、省略形容詞，只讓關鍵性的文字存在，由
讀者去自由重組意義。於是，為了強調年輕的生命，詩人把
「十六歲」放在詩的最前面，以「她的名字流落在城裏」不直
說她，而說她的名字，讓詩意含蓄，並具有詩人不忍心直接說
出的憐惜之心，然後直接跳躍到「一種淒然的韻律」，以韻律
比喻命運。韻律之淒然就是命運之淒然，不直說而含不盡之意
於言外，這就是詩語言的表現。
　　詩的語言高度濃縮，同時在句型的安排上可以前後調動、
跳躍，或以暗示或委婉的語言表現意象，讓讀者有更多的想像

空間，也讓作者的情思在意象中不言而自言，而不是直陳其意，直述其旨。散文的文字是流暢的，詩則是跳動的，這是詩與散文在語言上的不同之處。而小說在語言上更應該清楚明白，以情節對話取勝，其語境與語意必須清楚，與詩的含蓄又不同。

再論詩的動詞使用，詩人往往會給予動詞新的作用。例如周夢蝶〈孤獨國〉：

這裏的天氣黏在冬天與春天的接口處。

「黏」字本義是用在物與物上，特別是用在具體事物上面，作者卻用在天氣，將具體的動詞用在抽象的名詞上，變動約定俗成的使用法，此時，詩句會因為詞義的轉換而有新的體悟與驚奇。於是，詩語言的活潑化與形象化就呈現出來了。

又如瘂弦〈修女〉：「在這鯖魚色的下午」。此句用法與余光中〈大度山〉中形容女孩子，用「女孩們很四月」的「四月」手法相同，是將名詞轉成形容詞的轉品修辭法，利用轉品產生新的創意與刺激。鯖魚色到底是指何種顏色呢？從天氣來形容或是從感受來形容，下午的天氣只有熱的、冷的，不冷不熱，涼爽的，此處卻用「顏色」形容下午，這是很難以數字或實際狀況確切指出到底指的是什麼？這種含糊的指涉，「模糊的語言」拉開想像的空間，語言的不明確性產生語言與物之間定義的距離，距離反而產生美感。詩意就在模糊之中，隱約清楚卻又不清楚，反而讓人有想像的美感，利用不確定、模糊與

距離的結果增加詩的趣味性與詩意。

又如量詞的變異，如「帖」本是指「一帖藥」，用在張默的詩中，便成了：「一帖，小小的偶然」[5]，偶然是抽象的語詞，帖是指具體的事物，兩者放在一起，又製造出讀者的驚奇。

或者，如主體與客體互換角色的使用法。洛夫〈清明〉一詩：

> 草地上，蒲公英是一個放風箏的孩子
> 雲就這麼吊著他走

第一句是簡單的比喻法，放風箏的時候，都是以拉線的人為主角，拉著風箏走，而詩人反過來說，是雲吊著放風箏的人走。主客的對換讓思維從既定的框框中走出來，換一隻眼看世界，換一種角度看人生，生命就充滿驚奇與創新。

或者如「比喻法」的運用，以「成」代替「像」。羅門〈窗〉：

> 遙望裏
> 你被望成千翼之鳥

同詩中：

---

[5] 見張默〈戰爭，偶然〉。

聆聽裏
你被<u>聽成</u>千孔之笛

「望成」與「聽成」其實是比喻法，詩人要表達的是「你像千翼之鳥」、「你如千孔之笛」。但是在句型的變化上，詩人不用傳統的方式，而要以動詞後面加「成……」的句式，將讀者從甲物轉移到乙物，在轉換的過程中令人不知不覺，錯以為是物的變化，其實卻是物的比擬。又如非馬〈醉漢〉：

把短短的巷子
<u>走成</u>一條
曲折
<u>迴盪</u>的
萬里愁腸

短短的巷子「走成」曲折的萬里愁腸，比喻曲折的巷子如「萬里愁腸」。但是不用「甲像乙」的比喻法，詩人變化句式，不用傳統而正式的比喻，卻喜用「成」，於是，在語句的創作上具有從甲到乙的變化流程的時間意識，意象的產生較刻板的「甲像乙」句式更為活潑且具有更多的想像空間。
　　除此之外，如果就整首詩而言，每一首詩各因使用的語言系統而有不同的風貌，當詩人使用的語言系統不同，詩風便各異。例如洛夫〈石室之死亡〉帶來的晦澀的語言：

> 宗教許是野生植物，從這裏走到那裏
>
> 讓一個無意的祝禱與另一個無意的懺悔相識
>
> 且親額，在互吻中交流著不潔的血液
>
> 且在我的咳嗽中移植一株蒺刺
>
> 我困倦，舌頭躺著如一癡肥的裸婦

詩人用的意象從宗教（人為）到野生植物，祝禱會與無意的懺悔相識，親吻，交換血液，這些意象都令人不舒服，而咳嗽中能移植蒺刺，此一意象到底象徵或暗示何意？這也令人費解，舌頭如「癡肥的裸婦」，不是美麗的意象，反而以醜見長。所以整首詩讀起來就會令人感到難解、晦澀、不潔，甚至不舒服、嘔心的感受，而這些卻是作者擇用的語言系統所造成的效果。

有時詩人利用懸想，以魔幻寫實的手法，將超乎現實的形象與現實結合，讓詩中充滿詭異氣氛，例如蘇紹連〈獸〉：

> 我在暗綠的黑板上寫了一隻字「獸」，加上注音「ㄕㄡˋ」，轉身面向全班的小學生，開始教這個字。
>
> 背後的黑板是暗綠色的叢林，白白的粉筆字「獸」蹲伏在黑板上，向我咆哮，我拿起板擦，欲將它擦掉，牠卻奔入叢林裏，我追進去，四處奔尋，一直到白白的粉筆屑掉落滿了講臺上。
>
> 我從黑板裏奔出來，站在講臺上，衣服被獸爪撕破，指甲裏有血跡，耳朵裏有蟲聲，低頭一看，令我不能置

　　信，我竟變成四隻腳而全身生毛的脊椎動物，我吼著：
「這就是獸！這就是獸」小學生們都嚇哭了。(《驚心散
文詩》)

　　詩人把小學生與老師、教室這種在既定思維中最純潔的場所，
反而創造出黑板的叢林，獸在其中奔跑，老師也跟去，最後，
當老師變成獸時，把所有純潔的心靈全嚇哭了。這也就是詩人
透過現實場景，把超乎現實的想像融於一體，半由現實，半是
超現實，兩者混而同時並存，語言簡單，意象清晰，卻在緊張
中創造驚人的特效，使人驚悚。
　　特過兩種物的組合而成的意象，也是一種嶄新的詩語言，
如陳大為〈屈程式〉：

　　課本有空白地方，我試著演算
　　【懷才不遇×愛國÷投江】
　　屈原從標準答案裡走出來
　　似銅像，站在課本中央
　　頂著崇高的天花板

作者把數學與屈原放在一起，產生一些想像，如果把屈原放在
數學中是否可以解題？由此推之，人生是否也可以放在數學中
被一一解答？又或如陳大為〈在東區〉：

　　風景統統裁成固執的尺寸

好讓理論寄生
在陰霾意象裡的豐滿水分
詩　必須栽在東區
最營養
最狂亂的小腹

詩與栽種是兩件事情，詩人從風景被理論寄生，意象竟然會有「水分」、詩被栽種「在東區」最營養的小腹，從兩件事情連結起來，進行情節發展，此一手法，使這一段詩有完整而統一的意象系統，在語言的使用上利用兩件事情的聯結使詩意存活。又如陳大為〈你簡陋的靈魂〉：

杯杯碗碗的細節
踮腳　在你搖搖晃晃的措詞上面
從瓷到辭
難道沒聽見你盜版的語言

細節、措詞、語言也是同類語詞，杯、碗、瓷是同類，將兩個不同類的語言放在一起，形容聯結後的意象系統，此是詩人擅用的手法。陳大為〈前半輩子〉：

阿嬤用髮髻
髻起　這城市童年的絕句
平仄裡有結實的城隍廟和永樂町

> 我明明聽見一些嘆息
>
> 不肯離去
>
> 逗留在鉛字排印的時光遺址

此詩也是，絕句、平仄、鉛字排版是一組語言，髮髻、阿嬤、童年、時光，都是同一系統的意象，兩組意象結合在一起，就成為詩人運用來表情達意的語言。

又或如利用物我互換，使事物像人一般具有人的意志與行動力，如馮青〈畫荷〉：

> 最先揣測我來意的
>
> 是早蟬
>
> 窗玻璃只不過是一層更深的焦慮

這是擬人法。早蟬如人，而窗亦擬人。簡政珍〈災前〉：

> 夏天的殘骸仍然在暮色中游走？
>
> 晚飯後仍然是電視互動晚安的笑容

夏天的殘骸卻在暮色中游走，那是怎樣的景象？其實，詩人要表達的不過是：「夏天的暮色中，還存留著夏天炎熱的感受。」這是散文。而詩句卻是擬人與設問修辭法，將靜態化為動態，所以才會有：「夏天的殘骸仍然在暮色中游走？」這類句子。晚飯後，大家都在看電視，詩人寫成是電視互道晚安，

以擬人法代電視，以人的笑容轉換為物的笑容，實則只是
「人」在笑。又如陳大為〈屈程式〉：

> 外婆端來一顆稜形的午餐
> 味蕾忍不住跳起來鼓掌
> 大腦把屈原隨手冷藏

稜形的午餐借代粽子，「味蕾跳起來鼓掌」是擬人，「大腦將屈
原冷藏」，就有物與人合而為一的效果，物可冷藏，而人或無
不可？同時，「冷藏」也雙關了詩人把屈原暫拋腦後的意味。
因此見出，詩人使用物我相融或是物我互換的手法將不同領域
的事物放在一起，產生驚奇的效果與創意。

或者利用放大或是縮小的方法表現詩意，如羅智成〈一支
蠟燭在自己的光燄裏睡著了〉：

> 把睡前踢翻的世界收拾好
> 你還留在地毯上的小小的生氣
> 把它帶回暖暖的被窩裏融化

轉換物的特質，擬人、擬物或形象化，把物與人的特質改變，
進行對話或是情節，此時，詩人的語言不能用一般的語言解
釋，而要委婉的切入詩境中，例如，世界不可能被踢翻，也不
可能在自己手中被收拾好，這些語言超乎邏輯與現實狀況，因
此，必須加入想像，視「世界」為「物」。明白詩人運用的是

形象化的手法，縮小世界，使世界與一般物的大小相宜。而生氣是抽象的，「小小的」是形容具象事物，因此，是抽象與具體的變換，用一般的語言就是「有一點點生氣」，生氣的訊息彷彿還停留地毯上，這是想像。於是，當物的性質轉換時，抽象的「生氣」變成是具象的「物」，所以，詩人進一步構築出生氣在「暖暖的被窩裏融化」的情節。一步一步推論，詩的物物轉化的意象，是詩人利用自我想像，建構出來的世界，而此世界中的物會有全新的動作、行為、言語。必須明白詩人的語言是在想像的因素中成立的，才會明白詩人的語言系統不是一般邏輯的語言，而應從委婉的、暗示的切角找到解讀的線索。

··· 訣竅

詩的語言與一般的語言不同，科學的語言必須客觀而冷靜，所言所說合乎事實，語言與指涉的對象比須以最準確的文字表達，而文學的語言卻容許想像的空間與模糊，詩的語言更建構在感覺、想像、情緒、驚奇之中，只要能表達語不驚人死不休的境界，詩的語言容許一點點說謊、一點點加工、一些些面紗、一絲絲不可思議，而讀者就必須明白從這些不可能、不確實中尋找詩意的歸宿、想像的港灣，才能進入詩的世界。如果實事求是，詩的語言可能每一句都「不合邏輯」、「不合事實」、「不是真相」，那就無法進入詩人心中的另一個有別於現實的世界，不能打開那道奇幻世界的大門。

第三節　撥開面紗找到趣味性與創意

開發「創意」在詩中非常重要，但是詩往往用「語言」與「意象」表現創意，詩的語言是一道門，打開語言的鎖，才會看到創意的表現。無論詩、散文還是小說，只要是創作，就會特別強調創意，創意可以表現在意象的創意、語言的創意、想法的創意、題材的創意……等，詩之為詩，創意更是重要。

從詩看創意，最清楚者莫過於小詩；小詩的趣味性多且創意十足。例如鍾順文〈山〉：

憨直的傻小子
幾度落髮
幾度還俗

短短幾字，以落髮和還俗的意象，聯想頂上有髮與無髮的變化，用來比喻山的四季變換，又直接在一開始就說明這是「憨直的傻小子」作的事情，於是落髮與還俗就被變更意義，不是真的落髮，令人聯想到對於山的變幻的形容，而傻小子憨直的行為也令人莞爾，形象頗有趣味。陳義芝的〈離〉：

階前
落雁與棗桃競相叫賣
朔風穿堂而過

愀然一夜
妻的髮已爆滿梨花

這首詩最有趣的創意，也是讀者讀起來最有感受最驚奇的一句話，就是表達：「妻的髮已爆滿梨花」，離別本應傷心，作者卻不直說傷心，以短短時間中爆滿白髮的形象來寫離別之憂。同時，白髮也不直說，而用「爆滿梨花」形容，「梨花」是白色的，比喻白髮，而「離」與「梨」雙關，於是產生多種聯結與想像的趣味。又如蕭蕭〈風入松〉：

風來四兩多
松葉隨風款擺、吟誦
風去三四秒
五六秒
松，還在詩韻中
動

這首詩最有趣的地方是掌握了時間感，把風視為有重量之物，「四兩多」並不重，也只能引起松葉輕微搖擺，描寫風去之後，松卻還沉迷在風中的感覺，此時，作者反用一個有創意的事物與風松放在一起：「詩韻」。風去了，松卻留連在詩韻中。整個時間從瞬間短暫的時段被想像力拓展到了歷史、文體、詩韻的想像世界中。其中，作者使用「數字」的「數量經營法」又使得抽象的事物在數量化中產生趣味效果。

有的詩人以細膩的情感創造新的意象，成為詩中創意所在，如夐虹的〈夢〉：

> 不敢入詩的
> 來入夢
>
> 夢是一條絲
> 穿梭那
> 不可能的
> 相逢

夢就是夢，在詩人眼中卻是一條絲，連接現實與非現實，連接過去未來現在，不可能與可能。而入夢的東西是那一個「不敢入詩的」。到底是什麼？詩人未明言，留下想像的空間讓讀者去猜。

有的詩人從簡單的事物中看出不同意義，如白靈〈風箏〉：

> 扶搖直上，小小的希望能懸得多高呢
> 長長一生莫非這樣一場遊戲吧
> 細細一線，卻想與整座天空拔河
> 上去再上去，都快看不見了
> 沿著河堤，我開始拉著天空奔跑

放風箏是大部份人都有過的經驗。但詩人想著想著，風箏變成了「小小的希望」，而一生就好像這樣一場遊戲吧，風箏在天上飛，詩人想著，風箏是否要與天相爭？所以，風箏扶搖而上，一直上去到快看不見了，沿著河堤，人被風箏拉著跑，還是風箏被人拉著跑呢？都不是，是人拉著天空在跑。打破既定的想法，詩人從另一個角度發現新的思考，也發現風箏新的意義。

小詩講究趣味性與創意，也是「思、情、趣」三者的複合體[6]，小詩在創作上常常是靈光一現的神來之筆，常見其創意的展現，而不能勉強設計。[7]小詩因其短小，無法有充裕的空間讓作者發揮雕飾語言的功力，於是，在短小篇幅中，著重於瞬間感受的捕捉，於是，在輕薄短小、簡易明白之中體現的是有趣的想法與意象，此為小詩有別於長詩的不同，也是小詩的最擅長之處。

••• 訣竅

小詩最講究創意與巧思，以及剎那之間的感受，如果可以捕捉到靈光一現的情思或是突如其來的趣味，將之充分表現於詩中，就完成一首成功的小詩。因此，短小精鍊是小詩的形式特色，但語言表現是否能適當表達剎那的情思才是成功的關鍵。

---

6 見張默〈晶瑩剔透話小詩〉收於《小詩選讀》（台北，爾雅出版社，1987.05.）頁15。

7 同註6，頁30-35。

　　除了小詩之外，創意也展現在一般的分行詩中。創意的展現方式有幾個方向；從詩句的創意、句型的創意、主旨的創意、題材的創意、意象的創意等……都可以做創意的表現。

　　從形式著手，如商禽〈逃亡的天空〉利用「頂真法」進行聯想：

> 死者的臉是無人一見的沼澤
> 荒原中的沼澤是部份天空的逃亡
> 遁走的天空是滿溢的玫瑰
> 溢出的玫瑰是不曾降落的雪
> 未降的雪是脈管中的眼淚
> 升起來的淚是被撥弄的琴弦
> 撥弄中的琴弦是燃燒著的心
> 焚化了的心是沼澤的荒原

詩的句型從「甲是乙」、「乙是丙」、「丙是丁」最後回到「……是乙」。那麼，詩的形式本身就是一種創意。接下來再討論詩意要表達的是什麼？此詩的語言較為晦澀，必須發揮想像力，例如，第一句死者的臉像沼澤，想像沼澤的顏色為死灰色，兩者有相似之處，以此推之。此詩在本文中有詳解，在此不一一解之。在形式上變化創意的，又如瘂弦〈如歌的行板〉：

> 溫柔之必要
> 肯定之必要

一點點酒和木樨花之必要

……（略）

陽台、海、微笑之必要

懶洋洋之必要

整首詩除最後一段之外，都是以「……之必要」為句型。而使用此一句型是在說明「世界老這樣總這樣：──」表現作者認為世界是一成不變的主題。

　　有的在思緒上有新的見解，從不同角度看世界，此為思考轉折的創意，余光中〈秦俑──臨潼出土戰士陶俑〉詩人問秦俑：

如果你突然開口，濃厚的秦腔

又兼古調，誰能夠聽得清楚？

詩人一面觀賞秦俑，一面提出一連串的問號，其中一問就如上述。彷彿置身於秦俑身旁喃喃自語，突發其想的思緒產生另類看法。而此設想為詩帶來異軍突起的效果，使詩的奇妙感在時空交錯中突顯出來。

　　或者對於平凡的事物，從另一個角度重新給予新的看法與定義，如蘇紹連〈今天我沒有心〉：

今天我沒有心

因為，我給自己的心放假了

> 不用工作的心
> 不用放在身體裏面
> 就放在窗口
> 讓它去，上午看風景
> 下午假寐

詩人是自己想要放假，故意說「心」想放假，利用擬人法將
「心」視為主人，讓心休息，於是今天我沒有心，從情節中，
發現詩人期望的是心的自由，不要讓心拘限在一處地方，無法
伸展，故設計出讓心放假的情節。

　　對於現代的產物，詩人會從另一個角度發揮想像力，例
如，紀小樣〈摩天大樓〉：

> 電梯是消化不良的直腸
> 他們把我的內臟運上來
> 我是超現實主義者，站在
> 二樓俯看一樓，廣場上的
> 銅像在發笑，銅像
> 頭頂上的鳥糞在醱酵

「電梯」被詩人想成是「消化不良的直腸」，運的是「內臟」，
而真正的我卻站在二樓看一樓的銅像，看到時間已過去許久，
直到「鳥糞在醱酵」了。所以，詩人從自我的想像出發，發現
新的生活樂趣與新的世界觀。

在意象上的創意，例如向明〈瘤〉：

你是潛藏於體內的
欲除之而後快的
那一種瘤
是一種年久無法治癒的
絕症
除了灰飛煙滅

這顆瘤不但花粉過敏、痙攣，而且「頑固如掌上的一枚繭／剝去一層／另一層／又已懷孕」，最後才發現這顆瘤原來是作者創作出來的意象：

最後，你無非是
要把我瘦成一張薄薄的紙
紙上的一些什麼
凡掃過的日月
競相含淚驚呼
這才是詩

「瘤」折磨人、讓人消瘦，而這竟就是「詩」。詩人把對自己對於詩創作的心路歷程比喻成「瘤」，創作出一顆令人恨之入骨的「東西」，最後又不得不與之相處，好像人得了一種病，病名是「好讀書」一樣，既令人又氣又恨，卻也有甘之如飴的痛

快,矛盾的情結有如瘤。於是「瘤」就是詩人的意象上的創意。

　　或者用誇飾的筆法寫成新的意象,如洛夫〈邊界望鄉〉:

> 霧正升起,我們在茫然中勒馬四顧
>
> 手掌開始生汗
>
> 望遠鏡中擴大數十倍的鄉愁
>
> 亂如風中的散髮
>
> 當距離調整到令人心跳的程度
>
> 一座遠山迎面飛來
>
> 把我撞成了
>
> 嚴重的內傷

鄉愁本是歷代以來詩人們常見的題材,在此題材中要推陳出新,以今人勝古人的意象突顯今人之鄉愁,就必須有新的創意與想法。因此,詩人採用誇張的寫法,誇大鄉愁對於個人的感受。

⋯訣竅

　　詩的創意與趣味是詩的靈魂,詩若失去創意與趣味,那麼,就容易流於人云亦云、老調重彈、陳腔濫調的缺失。因此,詩作十分強調創意的表現。無論是小詩或是長詩,創意的部份都是吸引讀者閱讀相當重要的因素,同時也是創作者搜索枯腸、極力展現才情的部份。

第四節　畫面呈現觀賞新詩表現的意象

　　所謂意象，劉勰《文心雕龍・神思》說：「闚意象而運斤」。《文心雕龍》神思指的是想像力。而「意象」是指一種想像的產物，由作者心中之意加上外在之象糅合成創作的形象，此一形象既有作者的意念也具有外在事象的成份，兩者組成一個完整的意象。自古以來關於「意象」的定義不一，而且研究成果汗牛充棟。所以，最簡單的理解法，可以簡化為：作者之心意＋形象＝意象。簡言之，意象的表現就是以「畫面」來表現抽象的情感或思緒。

　　從作者的心意到意象的表現，舉個簡單的例子，以夏宇的詩為例，作者寫失戀，寫秋天的戀情，有一點哀愁，一點點感傷，所以化為意象為：

　　不愛了的那人坐在對面看我（註：畫面）
　　像保特瓶回收不易消滅困難（註：比喻精妙、心情不爽）

這首詩是夏宇的〈秋天的哀愁〉。哀與愁是一點點了，用畫面表現時，是自己與不愛的那人對坐，可是消失的戀情令人難堪，很想從記憶中抹去，卻又不可能，於是作者想到一個精妙的比喻：「保特瓶」。保特瓶的特性就是回收不易，消滅困難，再用更難！第一句點出意象的起點，第二句見出詩意的含蓄，兩句之中不但有創意，同時作者以意象表達既哀愁又有一點悔

恨的心情，也比擬貼切，令人莞爾。

從意象的表現來看，有時，詩人是就現實事物發揮想像與聯想。這是較為簡單而常用的方式，例如蓉子〈傘〉：

> 鳥翅初撲
>
> 幅幅相連　以蝙蝠弧形的雙翼
>
> 連成一個無懈可擊的圓

傘的意象像鳥翅初撲，鳥翅又像蝙蝠弧形的雙翼環繞的一個圓，這是詩人從傘所創造的意象，把傘與鳥的形象結合在一起。又如淡瑩〈楚霸王〉：

> 他是黑夜中
>
> 陡然迸發起來的
>
> 一團天火
>
> 從江東熊熊焚燒到阿房宮
>
> 最後自火中提煉出
>
> 一個霸氣磅　的
>
> 名字

「火」的意象令人想到楚霸王的狂熱、激情與活力。這是詩人對於楚霸王這個人的感受，於是，火的意象與人格特質結合，成為詩人表情達意的手法。

有的詩人在描寫情景時，是用單一意象，思緒朝同一個方

向前進，然後，意象如一個點，稱為「點形意象」。如向明
〈黃昏醉了〉：

　　飲盡了這一天
　　五味雜陳的
　　烈酒之後

　　黃昏醉了

　　它把一張艷紅的臉
　　朝著
　　遠山那挺得高聳的胸脯
　　埋首
　　睡去

意象的主要角色是「黃昏」，黃昏被擬人，從飲盡烈酒之後，
到醉，睡去。前者是因，後者是果。前因後果皆有跡可尋。詩
人寫的就是黃昏，整首詩以「醉」的意象作為創意的起點，描
述黃昏醉酒而太陽下山的過程。又如方莘〈月升〉也是屬於
「點形意象」：

　　黃昏的天空，龐大莫名的笑靨啊
　　在奔跑著紅髮雀斑頑童的屋頂上

　　意象的表現專注於某個時間點上。畫面在於天空、屋頂與紅髮雀斑頑童。天空中則有月亮出現：

　　　被踢起來的月亮
　　　是一隻剛吃光的鳳梨罐頭
　　　鏗然作響

比喻月亮是鳳梨罐頭，鏗然作響。所以，意象的焦點放在同一個畫面上，而無畫面的轉移，此為點形意象的表現法。也是較為簡單的意象。至於較為複雜的意象則是有情節轉折或是畫面轉移等。如月曲了〈稿紙〉，第一段寫的是：

　　　雖然　表現不好
　　　我只是你的詩
　　　詩的初稿
　　　你很珍惜
　　　一直細讀著

珍惜而細讀是作者對於初稿的態度。但在第二段時卻說：

　　　如今　你不在了
　　　我已全身摺痕
　　　被孩子拿去
　　　摺船卻不滿意

摺飛機也不喜歡

這首詩以時間的因素為轉折的要素，前述為你對於我的態度，後段為你不在時，我的遭遇是不再被人珍惜了，反而到處惹人閒。前段寫你、後段寫我。情節與意象的表現前後段有所轉折。這種寫法其中具有時間的流動因素，通常是經過時間之後，事物改變、環境不同、遭遇各異，於是而有新的意念與情感從轉變之中突顯出來。又如劉克襄〈圖畫〉：

　　小時候我的魚就長滿了牙
　　紅紅綠綠，兇猛活潑

此詩的形式也有異曲同工之妙。第一段寫我小時候的魚，魚牙紅綠、兇猛活潑；第二段則寫我長大後的魚：

　　我長大，魚也長大
　　越來越溫順
　　牙存三兩顆
　　身上也剩黑白的顏色

對比之下，時間在彼此的身上留下痕跡。小時候的魚有活力，長大後的魚則是不然。魚的變化反映的是自己的成長。畫的圖不再是小時候清純可愛的模樣，卻已經加入人生的歷練，黑白成為長大後的顏色，表面寫魚，實則寫自我。

經過一番歷程之後，雖然意象還是具有動態或是情節，但是，以目前當下的角度來看經歷過的遭遇，意象雖簡，但情感的變化較點形意象複雜。

除此之外，詩人利用虛實變化、時間變化、物我變化、時空變化、……等，都可以創作出新的意象；再加上意象的跳躍、流動、顯隱、交疊、割裂等又可創作出不同的表現與變幻。只是意象是詩人心中意念的表現，有時也是心象的呈現，在詩的閱讀中，讀者要把握的是詩人透過意象所要表現的情感與意念。例如，以意象的創造表達內心的呼喊，如瘂弦〈寂寞〉：

　　一隊隊的書籍們
　　從書齋裏跳出來
　　抖一抖身上的灰塵
　　自己吟哦給自己聽起來了

書籍擺在架上，主人卻不去翻閱，就像找不到知己一般，無人賞識。詩人用擬人法將書籍的動作表情化為意象，最後一句「自己吟哦給自己聽起來了」雖未直接說出書籍們的寂寞，卻用畫面與動作指出來了。

詩人創作出來的意象最後也可能變成一種象徵。詩人描寫的對象表面上看起來是他物，其實有時正是詩人內心的自我表達。例如胡適〈老鴉〉：

天寒風緊，無枝可棲。

我整日裏飛去飛回，整日裏又寒又饑。——

我不能帶著鞘兒，翁翁央央的替人家飛；

也不能叫人家繫在竹竿頭，賺一把黃小米！

這隻饑餓的烏鴉卻也是最有骨氣的烏鴉，身醜而無枝可棲，卻寧可挨餓，也不願屈就自己為他人飛，這隻烏鴉的形象就成為作者自我表態的代表物。烏鴉的鮮明形象成為有骨氣、不屈服的象徵。

從以上所論的意象中發現，意象必須透過想像的翅膀，才能飛翔在詩的王國。就像陳大為〈宋樓〉一詩中說：「你必須選個群雷舞爪的陰天／讓想像層層滲透歷史的中山裝」。想像必須穿透語言表象，深入語言背後的世界，掌握詩人意象的內涵，進一步才能欣賞詩人的心境，而不只是從語言表面解讀。

從另一個角度說，詩的意象是含蓄的，不直接說明情感，詩往往透過層層的語言包裹，再加上詩人特意創作出來的意象或意象系統，間接地、暗示地、婉轉地說出詩人心中真正要表達的情意。所以，透過許多的畫面呈現，詩人的情意便蘊藏其中，這些畫面都具有作者情意的成分，也都是意象的表現。因此，讀者在讀詩時，必須就詩中呈現出來的意象，發揮想像力，還原創作者當時的心境與情感，進一步解讀詩中的思想、意念、情感，以及意境的傳達。

… 訣竅

讀詩時，不必去計較數量是否合乎科學（例如〈風入松〉一詩），不用考量事實是否合乎邏輯（例如〈寂寞〉一詩），不用在意時間順序是否一致，不用強調有其因必有其果。凡詩，是以意象為主要的表達方法，意象，是「想像」的孿生兄弟，凡詩之創作必經想像，創作意象，詩之解讀，必有想像，若無法發揮想像力，則對於詩的意象必然無法理會。

其次，新詩重視感受與感覺，意象的掌握有時只是一種感受的呈現，得魚忘筌，得意而忘言，讀者解詩，在於透過詩的意象掌握詩的意涵，不能只執著於意象，重點是知其「意」，而忘其象，故意象之呈現，主要在掌握作者之情意。

第五節　感動人心讓歷史去評理

詩是正在發展的文體。過去，可以見出歷史軌跡，未來，從現在可見到發展的端倪。現代詩還在成長，尚在茁壯，詩人在創作文學的生命，而我們在寫歷史。新詩是現代人的文學，詩的生命還在延展，隨著時間的遠去，只有逗點一個接一個，尚未畫上句點。

民國以後，新文學革命日漸成熟，白話文的寫作日漸為知識分子所熟知，一九一七年胡適在《新青年》發表〈文學改良芻議〉，提出「八不主義」推翻古文的流弊與格律的限制，同年二月，陳獨秀提出〈文學革命論〉加強白話文學的勢力。一

九二〇年胡適出版《嘗試集》將新詩與白話文學推上歷史舞台。之後，沈尹默、劉半農、冰心，等人在詩的領域中多所開發，沈尹默的散文詩〈三弦〉、冰心的一系列小詩，都對當時的詩壇注入新的生命。同時，新月派、格律詩派紛紛興起，象徵主義的李金髮將法國象徵主義的詩歌寫作帶入，也引起一陣風潮。

現代文學的發展以一九四九年為分界。四九之後，新詩的血脈以臺灣地區繼承並進一步發展。兩岸的阻隔將詩風劃開一條鴻溝，各自在政治與文化下走出自己的道路。在大陸，左派的詩人以詩為革命服務，大量出現歌頌革命，激揚人心的創作，至一九七九年思想解放運動成功之後，一九八〇年，朦朧詩派的創作提高了詩的藝術性，並開創嶄新的風格[8]，顧城、舒婷等人的詩作受到文壇的重視。在臺灣，從日據時代開始，許多詩人從日語創作學習漢語創作，詩人張我軍的作品，是當時的代表。

一九五六年在台灣，紀弦號召一百零二人，成立「現代詩社」，發表〈現代派信條釋義〉，提出「六大信條」。其中影響最大並最引人矚目的是強調「新詩乃是橫的移植，而非縱的繼承。」所謂「橫的移植」指的是告別傳統，向西方學習；「縱的繼承」指的是接受中國古典傳統的影響。兩者一是現代西方的理論與方法，一是古典中國詩風與傳統。此為臺灣詩人與傳統中國之間的反思、拒絕，試圖在西方的文明中尋找新詩創作

---

8 所謂「朦朧派」詩風強調的是運用象徵的手法、主觀性、自我性、審美動能作用、個人直覺、心理加工等創新的語言為詩的藝術主張。

的新道路，於是，後來稱新詩為「現代詩」，又稱其詩社詩人的詩風為「現代派」，源由即來自於此。所以，大陸現當代文學中不稱現代詩，而稱「新詩」，只有臺灣以「現代詩」稱新詩。例如，蕭蕭與張默編的《新詩三百首》一書中，以「新詩」為書名，其中則是包含了臺灣與大陸的詩人作品，而使用較為廣義的名稱。

隨著「反傳統」的「現代派」聲浪之後，有些人認為傳統的影子未必全然拋除，於是主張古典傳統的詩歌還是有存在的必要，對於古今中外的論爭，形成兩派意見的筆戰。特別是以余光中、覃子豪等為首的「藍星詩社」就不同意現代派的理論，余光中本人就是一位融合古典傳統與現代西方理論的作家，其不僅提出理論，並能於創作中實踐，無論是實驗性的語言或意象，作品中能夠一再追逐新的創意，理論與創作已經體現出吸收傳統文化的優點。又如，洛夫的詩作中存在著傳統的意象，例如重新詮釋歷史事件，或是以李白、杜甫為對象，重新賦予現代意義，詩人對於傳統文化的吸收與融合，反而有助於詩風的開展，因此，詩壇上反傳統的聲音逐漸消亡，而慢慢認同於傳統與現代並存，相輔相成的詩觀。

早期詩社的發展，出現的是集體理論的認同與集體創作風格的相似，臺灣早期詩人與詩社之間有著極密切的關係，甚至借由詩社而創作、發表，借詩社而發聲。早期，日據時代的傳統詩社，已有五十個，[9]四九年以後，除紀弦的「現代詩社」

---

[9] 見張默、蕭蕭編《新詩三百首》（台北，九歌出版社，1998.07.）頁63。

之外，一九五四年，由瘂弦、張默、洛夫等發起的「創世紀詩
社」以及《創世紀詩刊》，主張詩要合乎民族詩型，表達傳統
的情感。一九五四年，覃子豪、鍾鼎文、余光中、夏菁、蓉子
等發起的「藍星詩社」與發行的《藍星詩刊》，創作的詩抒情
而優美，不離古典文學的傳統。

其後有「葡萄園」、「笠」、「龍族」、「大地」等詩社的成
立。一九六二年，《葡萄園》創刊，由陳敏華、王祿松、文曉
村等組成。一九六四年，《笠》詩刊創立，由李魁賢、吳瀛
濤、陳秀喜、白萩、林亨泰、詹冰、桓夫、趙天儀等人組成，
書寫鄉土風格的詩歌。一九七〇年，《龍族》詩刊創立，由林
煥彰、陳芳明、施善繼、辛牧、蘇紹連、喬林等組成。一九七
二年，《大地》詩社創刊，由陳慧樺、古添洪、童山、李弦、
蕭蕭、王浩、王潤華、淡瑩等人組成。創立的各式詩社的創立
與發展，提供詩人成長茁壯的土壤與養分。至今九〇年代，臺
灣詩壇的重要詩人除當時的老將之外，更引領中生代、新生代
一路披荊斬棘走到目前的詩壇盛況。

早期詩人以余光中、洛夫、張默、覃子豪、羅門、夐虹、
紀弦、鄭愁予、瘂弦、周夢蝶、楊牧、向明、商禽、辛鬱、管
管等為主，到中生代的白靈、渡也、陳義芝、蕭蕭、席慕蓉、
蘇紹連、陳黎、向陽、杜十三、羅智成等人，以及新生代的陳
大為、唐捐、夏宇、顏艾琳、許悔之、須文蔚、焦桐等人，在
詩壇上各領風騷。早期詩人有的還在詩壇上活躍，有些已棄筆
不寫，目前，則是以中生代與新生代的詩人在詩壇上力爭上
游，而且知名度、詩作的水準、詩集的出版都能獲得一般讀者

的認可。甚至於女詩人席慕蓉的《無怨的青春》與《七里香》還可以暢銷四十幾版，形成臺灣的席慕蓉現象。

　　近年來博碩士論文研究詩人與詩風者，早蔚為風潮，各大學中開設現代文學課程，或是專門現代詩的課程已成為普遍現象。甚至臺灣文學研究所的逐步成立，也為現代文學的範疇劃分與學術研究提供更為良善的助力。詩人們的創作、文學獎的成立與學術研討會的舉辦，都是一股促進現代詩成長的動力。數十年的努力耕耘，詩在臺灣早就是現代文學的主流之一。

　　目前研究新詩的詩編本，開始納入大陸詩人的作品。例如張默、蕭蕭編的《新詩三百首》中將海峽兩岸的詩人及詩作分為：大陸篇、台灣篇、海外篇、大陸篇四部份。試圖將大陸與臺灣重要詩家及作品蒐羅詳盡。後來出版的方群、孟樊、須文蔚編的《現代新詩讀本》中，收錄大陸部份僅為五四到一九四九年的詩選，但是在畫分上，明確以臺灣詩選及大陸詩選的區別為兩部份。

　　目前兩岸的交流已是相當便利，在新詩的領域中，臺灣詩與大陸詩的創作，在語言與意象的表現上有著極大的差異。臺灣的詩歌在文學獎與諸多活動的鼓勵下，一代又一代新生的詩人努力朝語言技巧的實驗與意象創意的更新上行進不懈，而大陸文壇上以小說最為受到讀者的歡迎，詩歌的創作與欣賞則有停滯的現象，不及臺灣的詩壇還存在著一股勃勃的生機。

　　兩岸的阻隔數十年，也為彼此的詩歌風格分隔出不同的道路。在這一方面，個人認為臺灣詩作的創意與語言技巧的複雜度，是遠勝過於大陸詩歌。臺灣詩作之趣味性、對修辭技巧的

挑戰、創意的靈光乍現、篇章結構的嚴謹等等都發展出相當成熟的風貌。大陸的詩歌因為政治歷史的因素，在情感的激發與文字的實用功能上發展較佳，反而不如臺灣詩歌在安定的環境中有逐步成長的條件。

臺灣的兩大報文學獎與近年來眾多的文學獎，得獎人從臺灣本土詩人到這一兩年（2003～2005）大陸詩人的得獎，在在顯示兩岸新詩努力融合的跡象，文學獎之迷人當然在於高額獎金，以及獎金之後詩人大開的知名度，得獎似乎宣告敲開進入文壇的大門，所以，觀察文學獎得獎人創作的風格與取向，也可略窺詩作前進的方向。個人看來，文學獎力求創新求變，在題材與語言上的創新，使詩人不斷思索如何在現有環境中突出特殊的題材與語言表達方式，但是，文學獎也存在著喜新厭舊的特質，無法模仿前一得獎者的風格，只能力求創新的刺激下，詩人的創作風格可說是變化多端，只能由藉由時間的淘洗，看看最後留下的質量皆佳的作品作家到底是誰？

詩是現代的文體，也是正在發展的創作，隨著時代的演進，兩岸的交流，環境的變遷……等，我們不知道未來將會如何，只能確定的是，詩在我們的年代，我們正在創作詩。從過去，看到經驗與累積，從現在，看到努力與創新，未來，正在等著。歷史由我們寫，評價則交給後人。

情人的低語

徐志摩〈落葉小唱〉一詩賞析

徐志摩（1896－1931），原名章垿，字志摩，浙江省海寧縣人，以三十六歲英年早逝，成為文壇上早殞的一顆燦爛星子。他的主要作品有詩集《志摩的詩》、《翡冷翠的一夜》、《猛虎集》、《雲遊》等，以及散文集、短篇小說集等。近年由香港商務印書館出版《徐志摩全集》及《續集》共五冊，收集詩、小說、散文、戲劇及書信，是目前較完整的全集。

徐志摩的詩充滿浪漫的想像及熱情，在熱情之中，一唱三嘆，情意隨著詩的音韻節奏聲聲唱出，自隨手拈來的文句裏，暢敘作者的情感與思想，由熟練的文字技巧中，娓娓述說生命的哀樂與喜悅，故有「浪漫主義的調情聖手」之稱。〈落葉小唱〉一詩雖然不長，但是卻情意盎然，今錄於下：

> 一陣聲響轉上了階沿
>
> （我正挨近著夢鄉邊；）
>
> 這回準是她的腳步了，我想——
>
> 在這深夜！
>
>
> 一聲剝啄在我的窗上

（我正靠緊著睡鄉旁；）
這準是她來鬧著玩——你看，
我偏不張皇！

一個聲息貼近我的床，
我說（一半是睡夢，一半是迷惘；）——
『你總不能明白我，你又何苦
多叫我心傷！』

一聲喟息落在我的枕邊
（我已在夢鄉裏留戀；）
『我負了你』你說——你的熱淚
燙著我的臉！

這音響惱著我的夢魂
（落葉在庭前舞，一陣又一陣；）
夢完了，阿，回復清醒；惱人的——
卻只是秋聲！

這首詩描寫的對象是落葉，通篇以聲音的意象貫穿作者情意之
發展，而主角在夢中似睡似醒，與落葉的聲響交融，塑造出一
個似真似假，若虛若實的情境，同時也述說了作者極度渴望卻
始終無望的悵然情懷。這首詩的寫作方法可從幾個方向來看：

一、以層遞開展情節

　　此首詩運用層遞的技巧，一層翻過一層，情節即在層層翻進的內容中開展。第一段寫的是「**一陣聲響轉上了階沿**」，寫聲音以轉動的姿態上了階沿，使用動詞「轉」字，讓聲音形象化，以實擬虛，聲音傳至臺階，似人似物走上臺階。此時，外面是落葉的聲音，屋內是我（作者）正挨近夢鄉邊，因此，在半夢半醒之中，落葉的腳步被我聯想成是她的腳步，一方面是「擬人法」的運用，另一方面也是作者的想像所造成的「懸想」效果，以塑造如夢似幻的情節。

　　第二段寫的是「**一聲剝啄在我的窗上**」，此時，聲音的腳步更近了，而我「**正靠緊著睡鄉旁**」，更進入夢鄉。落葉的聲音（她的腳步聲）與我的進入夢鄉是兩條同時進行的線，而此兩條線則是運用「層遞」的方法，由遠而近，逐漸逼進身旁，於是，在夢的潛意識中，我認為是「**她來鬧著玩**」，所以反應是：「**我偏不張皇**」，以一種戲謔的心態等待「她」的到來。

　　第三段的落葉聲更近了，聲息已經來到我的床邊：「**一個聲息貼近我的床**」，而「**一半是睡夢，一半是迷惘**」，我認為是她來了，便展開與她的對話：「**你總不能明白我，你又何苦多叫我心傷！**」。落葉從門外來到床前，就彷彿女子的腳步來到我的床前，與我展開一段令人傷心的對話。此時，落葉聲（她的腳步）與夢境的發展隨著時間同時進行，這兩條並時發展的線，正在等待時機成熟時，相互交會並碰觸，同時因為碰觸而發生情感的火花，產生新的結果，並且進行下一場情節的鋪

展。於是，正式的對語在憂怨中產生：「你總不能明白我，你又何苦／多叫我心傷！」情感迸發在兩人交會時，造成極大的張力，形成詩的轉折，也將情感轉入高潮。

然後，第四段的發展是：「一聲喟息落在我的枕邊」，喟息掉落枕邊，「喟息」是人的，落下為物，這是「擬物」的修辭法，而我在夢鄉留戀，不肯從夢中醒來。女子則說「『我負了你』你說——你的熱淚燙著我的臉！」用熱淚燙臉的畫面說明女子的悲傷與懊悔。這是接著上一段作者的發問之後，反寫女子的回應，形成有來有往的對話情節。

情節至此已經進入尾聲，接下來，是最後一段，當作者從熱淚中醒來，「這音響惱著我的夢魂」，「惱著」是擬人法；「夢魂」一詞，夢像靈魂一樣，是從「比喻」法翻化而來的新詞。因為聲響惱著作者的夢，迫使作者從夢中走出，終至擺脫夢境。於是我回到現實，只見「落葉在庭前舞，一陣又一陣；」「夢完了，回復清醒」，一切的夢境皆回歸現實，落葉的訊息不再，她的腳步不再，她的熱淚更只是夢而已，而惱人的不就是那落葉之聲嗎？所以詩的最後說「夢完了，啊，回復清醒；惱人的——／卻只是秋聲！」夢醒之時，現實不過剩下秋聲而已，令人忽有大夢初醒、不勝喟嘆之感。

此詩分為五段，除最後一段是由惱人的秋聲總結全詩之外，其餘每段皆以落葉之聲為首，以進行情節的鋪排。從「一陣聲響」、「一聲剝啄」、「一個聲息」到「一聲喟息」，作者一方面運用了量詞的變化，「一陣」、「一聲」、「一個」、「一聲」寫聲音的不同樣貌；另一方面，在摹寫聲音時，從「聲響」寫

落葉聲音做為開頭，接下來是落葉在窗上的「剝啄」，接著聲音越來越近，成為在我身邊的「聲息」，最後是聲音的擬人化：「喟息」。從遠而近，由整體的聲音到具有情感的嘆息的聲音，這是運用「層遞」的技巧描繪情感的轉折與變化。

同時，聲音的動作，則運用「擬人」的修辭法，讓聲音如同一個如影隨形的人影，慢慢地由外進入內屋，由遠而近，近而更接近，接近而貼近我的身旁，所以聲音由「轉上了階沿」、然後「在我的窗上」、並進一步「貼近我的床」、最後「落在我的枕邊」，是聲音的「擬人」化，此時，不但是聲音，也是那個隱藏的「她」由遠而來，漸漸接近，將一聲喟息落在我的床頭了。這亦是運用「層遞」的技巧，漸升漸入，漸行漸近，層層逼進的手法。落葉與她的腳步是兩個不同的線在同時進行著，而此兩者卻時而為一，時而分離，並且同時由遠而近，造成如夢似真的情境，這種層遞的技巧使得整首詩在情節上產生步步為營、層層逼進的效果。

二、對話與深情的告白

這首詩的另一個特點是作者擅長運用對白的手法，構成整首詩的主體架構。作者以低語的敘述方式表達情感的濃度，使得整首詩產生情侶喃喃對話的效果以及沉溺在戀愛中的男子自言自語的模樣，而此種方式也看出熱戀中的人們那種不顧理性、戀愛至上的態度。

講話的對象是作者（我）與一個隱形的她，一個由落葉帶

來的影子,讓作者在夢中產生似囈語般的呢喃,似在自說自話,又似與她在作深情的戀語。所以,作者在第一段中認為那聲響上了深夜的臺階,就在心中認定這一定是「她的腳步」。第二段中「你看,/我偏不張皇!」就是一種對語,只是這是作者的自言自語。接下來的第三段直接以對話形式說出作者的感情:「我說——『你總不能明白我,你又何苦/多叫我心傷!』」已經直接說明作者內心的掙扎與悲傷。但經過喟息之後,第四段才是前一段的回答:「『我負了你』你說——你的熱淚燙著我的臉!」

　　對話夾雜在落葉聲中,隨著落葉的層層貼近,也將對話由喃喃的自語轉變成直接的問話以及回答,而回答竟是最令人心傷的,因為你不明白我,而我負了你。夢完了,對話也結束了。對話結束了,情感的表白也結束了。最後一段終歸於惱人的秋聲,將一切的夢境與對語融入自然的秋聲之中,反有不盡之意含蘊其中。

三、括弧的運用

　　這首詩的結構是依情節一步一步進展,其中重要的手法是標點符號的運用,以及作者運用括弧描寫作者與夢境的部份,而括弧的作用又使詩的內容分割成現實的落葉與虛幻的夢境二個部份,同時,也塑造兩者既分隔又相關的情境。因此,從(我正挨近著夢鄉邊;)、(我正靠緊著睡鄉旁;)、(一半是睡夢,一半是迷惘;)、(我已在夢鄉裏留戀;)、(落葉在庭前

舞，一陣又一陣；）是時間順序的描述。由逐漸進入夢鄉的敘
述，挨近夢鄉、靠緊夢鄉、半夢半迷惘、在夢鄉，最後夢完
了，剩下庭前的落葉飛舞。這是作者依著時間而推展的情節。
所以，用括弧做為補充並加強情節的敘述，而括弧所補述的內
容就是順著時間的進展下，作者由入夢到夢醒的過程。

四、虛實的交互運用

　　這首詩採用「夢」的意象，象徵情感如「夢」般縹緲難
測。聲音意象本是無形而不可捉摸的事物，「落葉」更是象徵
沒有結局的戀情，所以整首詩的意境呈現虛無的、惆悵的、哀
思的情緒。無論是從落葉之聲到夢境，或是由夢境到落葉，一
點一滴都瀰漫作者那種魂牽夢繫的深情，以及無法把握、不知
未來的悲哀。令人不禁想問，到底現實中，我的愛戀是一場夢
嗎？還是愛戀本來就僅是在夢中出現？

　　「夢」的如虛如幻本身就說明了情感的虛幻與不真實感，
因此，夢與落葉的意象，一方面符合作者所要表達的情感，同
時也加深虛幻情境之營造，而使詩呈現虛筆多於實筆的寫法。

　　同時，夢與落葉兩者之間有相當的關連性，因為只有作者
在進入夢中如幻的情境下，落葉才可能因為夢的潛意識影響而
被誤解、扭曲成「她」的腳步、她的聲息、她的喟嘆。這是作
者借由「夢」境所帶來的情節上的特殊安排，因為夢的不真
實，所以情感也不真實，落葉更是似真似幻，一切的情節在夢
與現實的交會中交纏成一個若有若無、似真似幻的情景，而最

後夢醒了，真實的世界裏，剩下的僅有的不過是「惱人的秋聲」。

　　當一切如幻如夢時，一切的情節正在上演；而當從虛幻的世界回到現實的世界中，一切如此真實時，所有的情節對話情懷熱淚卻消失了。這種由現實到夢境，又從夢境回到現實的情節，正是虛實之間的變幻。虛虛實實，實實虛虛，正是這首詩在虛筆與實筆間交互的運用所產生的朦朧的美感。

延伸閱讀

◎　商禽〈無言的衣裳〉
◎　戴望舒〈雨巷〉

習作與問題

一、詩人是以「落葉」為主要題材，主題書寫愛情，是一首抒情詩。若同樣以「落葉」為題材，你是否可以改寫主題成「感嘆時間的消逝」。

二、此詩利用一再重複的特性，每一段皆重複前一段，使之有一唱三嘆的效果。你可否也模仿此種形式，寫一首四段的短詩，以「花開花落」為題材。

寂寞的身影

馮至〈蛇〉一詩探索

馮至（1905－1993），本名馮承植，字君培，河北涿縣人。曾留學德國，後任上海同濟大學、昆明西南聯大及北大教授，以及中國社會科學院外國文學研究所所長。

馮至在大學時曾參加「淺草社」，出版《淺草季刊》，一九二五年與友人在北京創「沉鐘社」，出版《沉鐘周刊》，影響五四以後的文壇。馮至在二十年代初期即已展露頭角，作品以情感真摯熱烈而見長，魯迅在《中國新文學大系‧導言》中稱其為「中國最為傑出的抒情詩人。」除此之外，馮至在詩歌藝術技巧上的經營，亦有匠心獨創之處，詩作構思新穎出奇，擅於選景入情，寄情於景，以自創的鮮明形象抒發其情感與心境，這是馮至的詩作受人歡迎的原因之一。馮至的詩歌語言以舒緩柔和為基調，詞藻優美，並善於經營畫面，所以，他的抒情詩雖然篇幅短小，卻以精緻的描景寫情而感動人心。作品有詩集《昨日之歌》、《北遊及其它》、《十四行集》、《西郊集》、《十年詩抄》，以及散文集《山水》、《東歐雜記》等。

馮至詩作中最為人所熟知的就是〈蛇〉一詩。作者寫此詩時才二十二歲，是一個充滿理想與熱情的年輕人。其詩分為三段，第一段如下：

> 我的寂寞是一條長蛇，
> 冰冷地沒有言語──
> 姑娘，你萬一夢到它時，
> 千萬啊，莫要悚懼！

第一段主要說明詩的源起，以蛇譬喻寂寞，這是一個特別的想法，「蛇」的刻板印象是滑溜的、可怕的、冰冷而難以捉摸的動物，這個特質卻拿來譬喻「寂寞」是使詩句的開端具有獨特的意象塑造。第二段說：

> 它是我忠誠的侶伴，
> 心裏害著熱烈的鄉思：
> 它在想著那茂密的草原──
> 你頭上的、濃鬱的烏絲。

第一段描寫是蛇的出現，從夢中的蛇，冰冷而無言語，出現在小姑娘的夢裡，第二段則是說蛇是寂寞的化身，也是忠誠的伴侶，這裡作者從蛇的心中產生想像，以蛇的角度寫作者內心的相思，也在想著姑娘頭上如茂密草原的烏絲。最後，第三段則是蛇與夢之間的戲劇性的互動：

> 它月光一般輕輕地，
> 從你那兒潛潛走過；
> 為我把你的夢境銜了來，

像一只緋紅的花朵！

此詩在海峽兩岸都擁有極多的注目和掌聲，但在大陸的詩集中，第一段的第二句多為「冰冷地沒有言語」，而臺灣的詩集所選，多為「靜靜地沒有言語」。但無論何者，都是述說「蛇」的特性，今擇用「冰冷地」一句，似比「靜靜地」更能表現「蛇」的特性。

一、意象經營法

此詩最為人稱道的是作者的構思新奇，創新之處是作者將「寂寞」與「蛇」聯想在一起，而以「我的寂寞是一條長蛇」的譬喻法，發展整首詩的主要架構。

將「譬喻」法加以擴張鋪寫的其中一種修辭法即是「詳喻」法，也就是將喻體加以詳細說明與解釋，讓文氣延長而加強譬喻的效果。例如先提出「A 像 B」的譬喻，然後接著鋪陳 B 的性質、特色等等，讓文句拉長，藉由對喻體闡述說明的同時，也加強了對本體的解說[1]，此即為「詳喻」。例如：

十年間，我宛如一頭牛，馱負著理想的犁，在廣闊的阡陌中埋首耕耘，所冀望的是一季理想的收成。（黃武忠

---

[1] 譬喻分為本體、喻詞、喻體，定義與名詞的使用，是採用黃慶萱新版《修辭學》之說（台北，三民書局，2002.10.）頁 327。此採取與大陸學者的名詞定義相同。

〈歲月的河床〉〉

此例的 A（本體）是「我」，B（喻體）是「一頭牛」，C（喻解）則是「馱負著理想的犁，在廣闊的阡陌中埋首耕耘，所冀望的是一季理想的收成」。而當對 B 進行鋪陳的時候，也就是在 C 中進行敘述的時候，是不直接對 A 予以述說，而以經營意象的方式對 B 進行意象的構築或塑造，比較簡單的是靜態的描述（靜態式意象），比較複雜的是動態的描繪（動態式意象），甚至，在串連諸多動態後形成情節（情節式意象），此即為「意象經營法」[2]。由於「意象經營法」是經營畫面的藝術手法，在性質上偏於新詩的創作手法，技巧上較為繁複，因此，在散文創作中較為少見，但在新詩的創作中，卻是大可加以發揮的創作方式。馮至此詩實即「意象經營法」極佳的典範。

　　詩作的題目是「蛇」，一開始便說「我的寂寞是一條長蛇，」可見「我的寂寞」是本體，「蛇」是喻體，換言之，「寂寞」才是作者真正要述說的主題，但這一個主題只出現在第一段第一句，當作者開宗明義地破題之後，「寂寞」一詞便不再是敘述的焦點，也不再被提及，而以喻體──「蛇」作為敘述的對象。因此，第一段述說「蛇」的「冰冷地沒有言語」，是說明蛇的特質以及蛇進入姑娘夢境時所可能發生的情景。第二段則是說「蛇」的思想與感情，將「蛇」擬人化，以「蛇」的

---

[2]　見王昌煥《語文表達能力秘笈》（台南，翰林出版社，2003.）頁 86。

「心裏害著熱烈的鄉思」，並且渴望姑娘頭上烏黑的秀髮，「蛇」的形象是熱切而渴望，而蛇的熱切與渴望其實就是作者的熱切與渴望。第三段是寫蛇的身軀細長，當蛇行走時，就是輕輕地、潛伏式地走過，就如同作者內心小心翼翼，想引起姑娘注意的心情。最後，作者的渴望也是透過「蛇」把夢境銜來。

由此見出，作者的「寂寞」是因為害著相思，而作者的寂寞如「蛇」，是藉由「蛇」作為寂寞的喻體，接下來整首詩的寫法完全是以「蛇」為敘述對象，讓「蛇」的一切動作、行為、心境、渴望等，做為貫穿整首詩的主要意象，並且同時完成作者所要表達的所有情思。

此種寫法，表面上雖然是「譬喻」法中的「詳喻」，但因為藉由「喻體」而發展全部的情思，也就是在「喻解」部分全是對喻體的敘述，而且，內容也比一般的詳喻複雜，所以，特稱為「意象經營法」；以本詩來說，當喻解展現「蛇」的一切種種時，在詩中展現的就是「寂寞」的種種，只是藉由「蛇」的意象來處理，凡是講「蛇」的任何一句話都必須能回應到寂寞的任何一點，換句話說，不可以放任對「蛇」的任何敘述，必須句句都可以同時比喻到寂寞本身，因為，本體終究是寂寞啊！

二、寫作技巧

此詩總共有三段，每一段有四行，而作者以標點符號的運

用，更加強情緒的表達，同時，「蛇」的意象一方面以「蛇」的屬性發展情節，另一方面即是用「蛇」代表作者自己的情意。

第一段第一句作者使用「譬喻」以引起全文。由「寂寞」聯想到「蛇」的確不易，也就是說將「寂寞」比喻成「蛇」是極為新鮮而奇妙的比喻，馮至這首詩成功的地方首先就是在這兩者關係建構的奇特。「蛇」屬物，「寂寞」屬人，且屬於人的抽象情思，兩者所建構的關係其性質差距較大，且從未聽聞，所以造成的張力和新奇感也就較強，所以會造成讀者極為強烈的新鮮感和感染力。

除第一句之外，便是寫蛇的特性，「冰冷」是以溫度的凜冽貼近寂寞的心境，「無語」是以擬人化的手法闡明寂寞時的沉悶，同時，也引出作者思念的對象——「你」。當蛇在夢中出現時，表示作者想要在姑娘心中佔有地位，想要向姑娘有所表白；進一步說，萬一姑娘發現作者的情意後，千萬不要因為這番情意而害怕。「千萬啊！」與其下的「不要悚懼」分開，在同一行中的這種處理方法是為了強烈表達「千萬」這個程度副詞，加上「啊」字則是強化口語化的親切和自然，這和上一句的「姑娘，你……時」這種口語化的呼告語氣是相同的基調。

第二段再進一步述說「蛇」的特質：「它是我忠誠的侶伴，／心裏害著熱烈的鄉思：」第一行可代換成「寂寞是我忠誠的侶伴」，意思是說思念姑娘的情思常常與我相依相伴，而此寂寞之心伴隨的是「熱烈的鄉思」，「鄉思」與「相思」諧

音,這種和南北朝樂府民歌有相同調性的諧音雙關,在詩作中可以表現出比較柔美而含蓄的情感。「害著」兩字是純為口語化的詞語,書面語是「患了」,此與前述的口語的基調相同,而「鄉思」用「熱烈」二字去形容,不以一般常見的「濃郁」,是詩作中常見的脫俗去陳的技巧。

下兩句則以上一句的「鄉思」來佈線,作詩意的進一步開展,以表達深切的渴望:「它在想著那茂密的草原——/你頭上的、濃鬱的烏絲。」「茂密的草原」是蛇可以隱藏身軀的所在,好像是「家鄉」一樣;而「茂密的草原」與「頭上的、濃鬱的烏絲」又恰巧有形態與性質上的雷同,因此,在具有解釋作用的破折號(「——」)之後,將形容的「物」與被形容的「人」自然地聯結起來,而形成由物到人的轉折。物所思者即為人所念者,其意即為蛇所想念的草原,也就是我想的姑娘的髮絲。於此,也可以看出「烏絲」這一古典詞語即是「姑娘」的「借代」用法。詩中「烏絲」透露出幾點意義:一,他所想念的姑娘擁有一頭濃鬱的秀髮,是個年輕而有活力的少女。二,作者的情感是含蓄的,而不敢有進一步要求。三,頭髮的意象給人的感受是浪漫的、清純的,而不從正面描寫姑娘的長相,卻強調姑娘的美在於一頭烏黑的髮,此意象的選擇使內容具有朦朧的美感。側面述說比直接敘述留給讀者更大的想像空間。另外,有趣的是,上一段的「悚懼」是古典的語詞,這裡的「烏絲」也是古典的語詞,與上述的口語在性質上形成強烈的對比,不過,由於所用的詞語都是易懂常用的,所以還不至於造成閱讀時扞格或怪異的感覺。

　　第三段必須轉寫，才不至於單調或冗贅，也就是說，同樣是寫蛇，但必須寫蛇的其他動作或狀態，於此，第三段的確也做到這點：「月光一般輕輕地」、「從你那兒潛潛走過」，這兩句述說蛇的行動方式。「一般」二字已透露出比喻修辭，在此已運用了比喻中又有比喻的高度技巧；而一面要注意的是「蛇的行走」像「月光」，這是極為新鮮的聯想和比喻；另一方面要注意的是「輕輕」、「潛潛」兩個語詞，都是疊字，疊字有加強語氣的作用，也都是平聲中的陽聲，即二聲，其輕巧之狀可藉由聲音的感覺觸及。所以，由這兩句可知作者很想喚起姑娘的注意，但又不敢太過放肆，而蛇的行走方式正足以表明作者那種想要逗引姑娘卻又只能悄悄行動的心境。此與上述的作者情感含蓄內斂而有些卻步，不敢直接表白的情緒是一樣的。

　　然而，作者最終還是說出了自己內心的渴望：「為我把你的夢境銜了來，／像一只緋紅的花朵！」「蛇」悄悄接近姑娘的用意，就是希望把姑娘的夢境銜來。換言之，「蛇」變成了愛情的使者，為我把姑娘的夢連繫，蛇能進入姑娘的夢，表示作者自己在姑娘心中佔有一席之地，作者期望與姑娘有相知相惜的情思。此與第一段相呼應，第一段寫蛇進入姑娘的夢境中，第三段是希望蛇將夢境銜來，可見作者最終還是希望自己能打動姑娘的芳心。「像一只緋紅的花朵！」作者再次運用一個比喻中的比喻法，避免直接述說的缺憾。「緋紅的花朵」正可說明姑娘含羞帶怯的神情，也是代表作者的期望與憧憬。在此，也可注意到本詩的三次比喻，其寫法都不相同，第一次是「A是B」，第二次是「B一般」，第三次是「A像B」，可見詩

人在創作時已經注意到「變化」在新詩創作中的重要。

三、夢境塑造

　　「夢」是作者的遐想，第一段：「姑娘，你萬一夢到它時，／千萬啊，莫要悚懼！」作者的寂寞如同蛇一般，「可能」會鑽進姑娘的夢裏，引起一陣悚懼。而在第三段中，又說：「為我把你的夢境銜了來，／像一只緋紅的花朵！」此時，蛇的作用反而是把姑娘的「夢境銜來」，而姑娘的「夢」像「一只緋紅的花朵！」此一喻依是如紅色般熱烈的情感，是代表嬌羞卻具熱情的回應，可見，作者希望蛇所帶來的是一個美麗的夢。第一段與第三段的夢境相呼應，實為作者運用夢境表達情感的手段，所以，從第一段到第三段，對於夢境的對待方式因情節發展而有不同層次的進展。

　　第一段說：「姑娘，你萬一夢到它時，／千萬啊，莫要悚懼！」是指蛇進入夢境的動作，夢境會使人由實境進入虛境。作者利用「蛇」侵入姑娘的夢，開始了對姑娘情意的表示，於是有接下來的一連串內心情意的表達。而第三段說：「為我把你的夢境銜了來，」蛇所銜的不是實物，卻是虛無的「夢境」，夢境似為實物，又化虛為實。在這虛實交替運用時，便讓意象形象鮮明而有趣。

　　夢境的情節設計，表達出作者不以實境實物去表達自己內在的情感，而以一個虛構的夢境做為作者進入姑娘內心與之產生交會的所在，在夢境中才能盡情表現自己情感。夢境的設計

比現實場景的表達更令作者放心，因為，夢總會醒來，若是姑娘在夢中拒絕了作者的情愛，則現實生活中也不會尷尬，因此，「夢」是一個比現實直接表達更有所轉圜、更委婉的表現方式。同時，也是較具美感與想像力的意象。

四、色彩運用

作者既以「蛇」為主要意象，其使用的色調與蛇的主觀印象也有所相關，因此，「月光」、「冰冷」、「輕輕」、「潛潛」等輕冷的色調是配合意象系統而出現的形容詞。但是，在冰冷的背後充滿作者強烈的渴望，因此，最後一段的最後一句卻是「緋紅的花朵」，剛好與前述的蛇的冰冷意象呈現截然不同的立場與對比。可見，作者始於冰冷的寂寞，而終於熱烈的期待，兩者的對比更顯出作者對於未來懷抱極大的希望。而色彩也正是作者心境的轉折與變化。

五、結論

綜而論之，首先，此詩的情感是含蓄的、帶著熱烈的渴望，卻用一個冰冷的意象──「蛇」來呈現，當其因矛盾而產生張力時，便突顯了作者運用「蛇」作為寂寞的喻體的特殊性。其次，此種因比喻而發展整首詩的寫作方式──「意象經營法」，對於許多詩人而言，是其創作時所採用的主要寫作策略。就此詩結構的主要方式而言，也是由譬喻發展而來的「意

象經營法」。再次，夢境的運用使得詩境在虛與實之間穿梭，也使得詩境具有朦朧的美感與言而不盡的意外之想。

附表：馮至〈蛇〉的意象經營

句數	詩　　句	喻　　義
2	冰冷地	以溫度的凜冽表明寂寞的心境。
2	沒有言語	以擬人化的手法闡明寂寞時的沉悶之感。
3 4	姑娘，你萬一夢到它時，千萬啊，莫要悚懼！	當姑娘妳了解我的情意時，妳不要感到害怕。
5	它是我忠誠的侶伴，	寂寞常常與我相依相伴。
6	心裏害著熱烈的鄉思：	熱切與渴望地思念姑娘。
7 8	它在想著那茂密的草原——你頭上的、濃鬱的烏絲。	情意想要讓姑娘知道，作者想要進入姑娘的心中，希望姑娘心中有作者。
9 10	它月光一般輕輕地從你那兒潛潛走過；	作者那種想要逗引姑娘卻又只能悄悄地行動的心境。
11	為我把你的夢境銜了來，	蛇進入姑娘的夢，就是作者自己在姑娘心中有一席之地，也就是作者期望與姑娘有相知相惜的情思。
12	像一只緋紅的花朵！	作者的期望與憧憬，也代表姑娘嬌羞卻具熱情的回應。

延伸閱讀

◎ 胡適〈老鴉〉

◎ 辛鬱〈豹〉

◎ 紀弦〈狼之獨步〉

習作與問題

一、人們把情感投射在「物」上面，賦予「物」特殊情感，描
　　寫「物」的特性、情感，其實就是在描寫作者自己的情
　　感。表面上是在寫「物」，實際上是詩人抒發自己的情感
　　或是某種意念與理想。請你以「白貓」為詩題，自由抒寫
　　一詩。

感官的哲思

從鍾鼎文的〈人體素描〉一詩談起

鍾鼎文（1914－），學名國藩，筆名番草，安徽舒城人。「鼎文」之名是在日本留學時所改，一九三六年自日本返國後，擔任南京軍校教官，次年任上海《天下日報》編輯，兼任復旦大學教授。一九四九年隨國軍到台灣，擔任舒城的國大代表，直到退休。於五〇、六〇年代與覃子豪、紀弦被稱為詩壇三老。著有詩集《行吟者》、《白色的花束》、《雨季》、《國旗頌》等。

人只要活著便不離生活，詩人與一般人的不同僅僅是對於生活中細微的事物多一重感受、多一分感動，而將這分靈思書之於文，運用詩的語言，將生命的感受化為美學的呈現。因此，詩的題材常常取自於日常生活，來自於生活經驗的感受，可說詩是生活的藝術化。商禽的作品〈五官素描〉是描寫五官，從五官的動態中引發創意，而相類的題材，有鍾鼎文的〈人體素描〉一詩，是以人體的部位：髮、乳、臂、臍、腳等作為描寫的對象，並賦予個人的情感，重新闡發身體的價值與意義。

筆者曾在大學的課堂上比較兩首詩，並由學生票選何者為佳？兩首詩各有喜愛的讀者，但是就兩者的難易深淺，以及感

情的意涵來說，學生卻一致認為，鍾鼎文的詩較難懂，賦予的
情思也較深厚而商禽的〈五官素描〉則新鮮有趣，創意十足。
以這二首詩相比較，如果說，商禽的〈五官素描〉適合閱讀的
對象是中學生的話，那麼，鍾鼎文的〈人體素描〉就較為適合
大學生了。無論如何，在學詩讀詩的過程中，對於不同面貌的
詩作都可視之為學習模仿的對象，而汲取各家不同的優點。

　　鍾鼎文的〈人體素描〉原為組詩，今以蕭蕭、張默編的
《新詩三百首》中所錄五首，作為賞析的對象，同時，從賞析
中可見出其寫作方式與商禽〈五官素描〉的相異之處[1]。今錄
其詩〈人體素描〉如下：

>　　　　髮
>
>　寄一切風情於髮吧，
>　髮是慣於打著旗語的青春底旗。
>
>　而我，已經是年逾四十，
>　在髮裏早有了叛逆的潛藏。
>
>　一旦這些叛逆們公然譁變，
>　從邊陲起義，問鼎中原。
>
>　我的髮將成為白色的降幡，

---

[1] 請參見後文，或是參考筆者所作〈五官的遐想——談商禽的《五官素
描》一詩〉，《翰林文苑天地》第七期，90.06.

迎接無敵的強者之征服。

乳

圓潤，勻稱，

美學上永恆的焦點。

女人們代表維娜絲時代，

她們的傑作屬於古典派；

男人們代表馬蒂斯時代，

他們的傑作屬於野獸派。

為了美學，

誰都會作明智的抉擇。

臂

夫人，在你玲瓏的身上，

寄生著光滑的、狡猾的蛇。

你的晚禮服不僅讓你身上的蛇游出來，

而且暗示著樂園的禁果已經熟透……

臍

從殖民時代遺留下來的一口枯井，

它曾經為我們湧流過生命的活泉。

在它的斷流之日，我們的生命脫穎而出，
以第一聲啼哭，發表「獨立宣言」。

這歷史的遺跡，記下我們先天的恥辱，
顯示出我們的前身，原是吸血的寄生蟲。

每當我俯首默念，對著枯井懺悔，
啊，母親！對於你，我是永恆、永恆的罪人。

　　　腳
是誰、最先舉起前面的兩隻腳，
在黑暗中，向繁星祈禱？

從此我們只剩下後面的兩隻腳，
再不能同狗和兔子賽跑。

一、〈髮〉的一生，從黑到白的叛逆

　　〈髮〉這首詩，主要描寫頭髮由黑而白，代表的是青春的
存留與消逝，過程卻是運用「戰爭」的意象，當青春抵擋不住
時間的強敵時，只好舉白旗投降。

　　作者設計出一個動態的想像，以比喻的筆法分別標出年輕
與中年（四十以後）的不同意義；年輕時高舉的是青春的旗

子，中年時舉的卻是白幡。而「髮是慣於打著旗語的青春底旗」，所以，髮的「旗語」訴說的是旗子的顏色、歲月的更替，髮的顏色變換代表的是青春的流逝。

歲月流逝中有叛逆的潛藏，叛逆者代表的是時間，將時間視為青春的公敵。一旦青春抵擋不住時，叛逆者就會公然譁變，從邊陲起義，問鼎中原，就好像是無敵的強者，逐漸由邊陲侵犯中原，侵犯的行為就如同白髮由鬢邊慢慢入侵中心，接下來則是全面變白，戰勝了所有的黑髮，所以，青春的旗只有換成白旗投降了。因此，「白色的降幡」是「比喻」修辭法，是被青春打敗，舉起白旗，比喻頭上的白髮。個人的青春與時間（歲月）的交戰如同一場戰爭，而這是一場註定是要輸的戰爭，所以說每一個人的髮都要被「無敵的強者」所「征服」。

就詩的創作技巧來說，整首詩是一個比喻系統，髮由黑轉白比喻為戰爭的輸贏。同時，詩人描述的對象是有所轉變的。第一段是從客觀的敘述者的角度，明髮是慣於打旗語的，第二、三、四段則是圍繞著戰爭進行情節發展。從四十歲過後，就開始呈現衰象，從戰爭的失敗，白髮問鼎中原，到舉白旗投降，敘述對象是主觀的我與時間的抗爭。因此，這首詩不只是動態的意象，甚且是具有情節的意象系統，由戰爭的開始到結束，藉由情節意象進行整首詩的架構，趣味與創意俱見。

二、〈乳〉的美學觀

「乳」是女人所專有的身體部位，也是男人女人關注的焦

點。在這一個部位上著墨，作者聯想到的是一種「美學上永恆的焦點」，從古到今皆然，「乳」不但是美麗的代表，也是孕育下一代的重點，所以「美學上」說明這具有「美」的意涵，「永恆的焦點」說明這是古今中外對於「何者為美」爭議的焦點。

接下來作者筆鋒一轉，以兩個「排比」的句型，對比出男人與女人分別對「乳」的不同意義與觀點。「**女人們代表維娜絲時代，／她們的傑作屬於古典派；／男人們代表馬蒂斯時代，／他們的傑作屬於野獸派。**」以「維納絲時代」、「古典派」、「馬蒂斯時代」、「野獸派」的「比喻」修辭法中的略喻。「維納絲」是西臘神話中的美的女神，以豐滿為美，代表的是古典之美。說明作者認為女人對於「乳」的看法是以豐碩為美的「傑作」；而「馬蒂斯」是繪畫史上的「野獸派」，回歸人類原始的欲望與本性，這是男人對於「乳」的看法，欲望勝過一切美感的視覺享受。最後，作者的結論是「**為了美學，／誰都會作明智的抉擇。**」是「婉曲」修辭，男人選男人的，服從於原始欲望的召喚，女人選女人的，講究豐潤的心理滿足。

此首詩作者運用了對比思維方式，第一段是客觀描述，就乳房本身進行審美理想上的勾勒，淡淡幾筆，概括性極強；第二、三段則是以比喻說明，而且是對比的方式。值得注意的是，作者巧妙地避開了直接論述的僵硬，也避開了具體刻畫的尷尬，轉以比喻方式行之，使讀者觀之自悟，心領神會之餘，不禁一笑。第四段則是詩人的看法，承認男人與女人個別的愛好，而不對乳房本身加以評斷。

三、女人的〈臂〉是游出來的蛇

這首詩是以身著晚禮服的女人，露出赤裸的手臂，詩意圍繞著潔白豐潤的手臂引發種種想像。首先，作者將女人的手臂「比喻」為蛇。以「借喻」的修辭法，直接說「夫人，在你玲瓏的身上，／寄生著光滑的、狡猾的蛇。」以「蛇」的意象發展整首詩的內容，因此，「玲瓏的身上」形容的是夫人的手臂，但也可以說夫人如蛇之腰身，而蛇的個性是光滑的、狡猾的，以形容手臂的肌膚光滑潤澤，擺動柔軟而靈活。

第二段說「你的晚禮服不僅讓你身上的蛇游出來，／而且暗示著樂園的禁果已經熟透……」不直說晚禮服的樣式，而將視覺重點放在蛇游出來的動態畫面，以暗示晚禮服是裸露手臂或肩膀的。此處以「蛇」代稱手臂，是「借喻」修辭法。而且，手臂令人聯想到禁果已經熟透，便將詩意予以性方面的暗示。作者用「……」刪節號做為結束，暗示還有許多情節將繼續發展下去，更充分發揮標點符號的情緒作用。

第一段是運用「相似聯想」，將相同或相似的形態或性質的事物，拿來比擬，所以就設想手臂像蛇的比喻。同時，也是從觀察者的角度切入，客觀敘述手臂，是靜態的描寫。第二段是「接近聯想」，是由於時間或空間的接近，由蛇聯想到樂園、禁果。使得蛇、樂園、禁果形成一個完整的意象系統。同時，也把第一段的靜態的意象描寫轉變為動態的意象，使此詩的趣味大增，創意也由此見出。

四、〈臍〉與母親

　　〈臍〉這首詩中將臍比喻為「一口枯井」，是殖民時代以來就遺留下來的一口井，說明這是亙古以來便存在，而「它曾經為我們湧流過生命的活泉。」臍本是活泉，當割斷臍帶之時，活泉就漸漸成了枯井，「枯井」意象比喻極為貼切，設想非常具有創意。作者運「借喻」修辭法，將臍的形象比喻為「枯井」，圍繞著「枯井」的意象而發展詩句。因為如井之臍湧出的本是養活孩子之物，但是「在它的斷流之日，我們的生命脫穎而出，」之後，井便枯竭，不再需要來自母體的營養供應。於是，作者繼續針對「井」的意象進行描述，並「以第一聲啼哭，發表『獨立宣言』。」「獨立宣言」是「借喻」修辭法，說明孩子脫離母親之後成了獨立的個體。

　　接下來是作者對於這個似「枯井」的標記的看法：「這歷史的遺跡，記下我們先天的恥辱，／顯示出我們的前身，原是吸血的寄生蟲。」這個標記對於一般人而言或許是光榮的，值得紀念的，但是對於詩人而言，卻有另一個與世俗截然相反的觀點。他認為這是「恥辱」，是從有歷史以來的先天的恥辱。為什麼呢？這正顯示出我們吸母親的血而成長，這不是「原是吸血的寄生蟲」嗎？這是「暗喻」修辭法，暗喻個體是「寄生蟲」，而以孩子吸母親的血，並寄生在母親體內雙關吸血的寄生蟲。

　　因此，每當詩人俯首看到「枯井」時，「每當我俯首默念，對著枯井懺悔，／啊，母親！對於你，我是永恆、永恆的

罪人。」詩人的心是懺悔的，因為，肉體來自於母親，是吸母親的血而長大成形的，但此時此刻卻不能好好回饋母親，光耀門楣，克盡孝道。因而，向母親懺悔，並自悔是永恆的罪人。對於自己，詩人轉入平直的敘述，自謙為罪人，並因內心情感澎湃，似不能自已，於是情感多於理性，直接以「啊！母親」的「呼告」修辭法，述說內心的感情。

這首詩運用對比思維，過去的與現在的、自己與母親的對比。透過歷史的意象與枯井的意象，作者在時間的進展中，分別訴說自己與母親、過去到現在的種種變化，交織穿插而成詩的架構。

五、祈禱的〈腳〉

作者在描述「腳」的部位時，一開始便說「是誰、最先舉起前面的兩隻腳，／在黑暗中，向繁星祈禱？」首先用「設問」法，以提出疑問，並提醒讀者思考「腳」的問題。而這兩隻腳是在黑暗中舉起的，且用來「向繁星祈禱」，可見詩人是將人類的角色定義在一個懂得祈禱，懂得在黑暗中尋求光明的動物，而有別於禽獸。

所以，「從此我們只剩下後面的兩隻腳，／再不能同狗和兔子賽跑。」詩人用「婉曲」修辭法，委婉地說明人類自從會祈禱之後，只剩下兩隻腳，兩隻腳無法與四隻腳的動物賽跑，換言之，人有別於禽獸了。人不但會思考也會祈禱，不僅僅只是用四肢跑步的動物，這標示著人類的進步及文明的發展。

　　這首詩作者運用對比思維，讓手與腳、人與獸在對比之中顯出不同的價值與意義。所以，第一段所描述的是從腳到手的過程及原因，第二段則是腳與手的改變之後，轉換的不只是肢體的行為功能，也是人與獸的區別之始。因而，手腳的變化使得人的身分的改變，也連帶改變生命的功用與價值。

　　綜合上論，就整首詩而論，可歸納如下幾點特色：

　　其一，詩作以每兩行組成一段，大部份以四小段的轉折完成一個人體部位的描素。只有〈臂〉、〈腳〉兩首詩是兩段便成一詩，對於作者而言，可能只是順著既定的創作習慣，例如以起承轉合的思維方式架構詩的四個小段，而未有意形成一個既定的格式。因此，大部份是四小段，但是在描寫到手臂與腳之時，不自覺又形成一個兩段、四句的形式。

　　其二，與商禽的〈五官素描〉比較起來，這首詩不以直接描寫身體部位的特徵為主要的寫作方式，而是運用部位所可能的變化與意義，重新賦予身體部位新的價值，同時蘊含詩人的情感。例如，「髮」於詩人而言，不只是長短的問題、髮式的好壞，而是青春的象徵。對於「乳」這個部位，詩人想到的是男女對於「乳」的看法不同，延伸出男女眼中不同的美學觀。而「臂」是女人美麗的誘惑，如蛇一般既具有性的誘惑，也同時說明誘惑本身有潛在的危險的毒性。「臍」是每個人與母親身體相連的部份，也是一生下來就被割斷，成為獨立個體的部份，於是，臍是生命之初的活泉，是母親的血所寫成的愛，作者看著這個部位，想到的是對母親的懺悔，隱隱含有懷念與感

恩之意。「腳」的部份,作者創造一個神話,聯想到人之初可能是四隻腳,卻有兩隻腳舉起來「祈禱」,因為有了人性與祈禱,所以不再與禽獸同流,不必與禽獸賽跑。由此,定義了「人」的意義,既身為人,只有兩隻腳,就非禽獸;既與禽獸有所分別,人的「行為」就應有所區別,因此,人會「祈禱」就應有屬於人的人格存在。

其三,對於現代詩的創作來說,商禽的〈五官素描〉重在描述五官的特徵,當詩人充分掌握描寫對象的特徵時,不免令讀者莞爾一笑,鼓掌稱妙。但是,同樣是描寫身體部位的詩,鍾鼎文的〈人體素描〉就展現另一種創作的方式。他一方面將身體的部位比擬於某一個書寫的事物,將此事物以「借喻」修辭法出現在詩句之中,然後理所當然地循著這一個「喻體」發展詩的架構。並且,此一「喻體」的性質正是詩人所要描述對象的特質,重要的是,「喻體」是詩人對於描寫對象予以價值判斷之後的比擬之物,因而,詩人一方面順著「喻體」發展詩句,一方面也同時在進行著對於「本體」的價值判斷與意義闡發。使得鍾鼎文的〈人體素描〉呈現更深刻的意涵以及更個人化的風貌。

現代詩的創作中,以鍾詩的創作方式者不在少數,尋找一個意象或是比擬的喻體,然後以「喻體」作為描寫內容,反將真正要書寫的對象置於題目,造成一種猜謎語似的情境,並在選擇的「喻體」中賦予作者主觀的價值判斷。這種寫法由於思考多轉一個彎,有時較令讀者尋不到頭緒而難以理解詩人的用心,但是,也因為多了含蓄與思想的內容,反而加深了詩的深

度與藝術價值。

◎ 商禽〈五官素描〉

◎ 向明〈瘤〉

◎ 陳克華〈我撿到一顆頭顱〉

習作與問題

一、【說明】：

現代詩有時候以內容為謎題，而題目就是謎底，如果把題目暫時遮蓋起來，只看詩句，讀者可以從詩句中推測作者描寫的對象，進而猜中詩的題目，這一種創作方式，有如捉迷藏，詩句中不含有題目的相關字眼，只有暗示與形容，讓讀者自行去想。此手法在小詩的創作中特見趣味。習作：請讀小詩數首。(可參考張默《小詩選讀》，爾雅出版社)

二、請模仿作者的寫法，以「手」為題，設計出三至五行小詩，詩句中不可出現「手」字，但必須具有暗示的手法，能讓讀者從中猜到題目。

雪、月與燈之悟
洛夫〈金龍禪寺〉一詩的修辭及意象

　　洛夫（1928－），姓莫，本名為運端，取名之義是希望命運有好的開端，後來因喜愛蘇俄文學，自己改名為洛夫。一九二八年五月十一日生，湖南衡陽人。一九四九年以軍人的身份來到臺灣，後來與張默、瘂弦共同創辦《創世紀》詩社與詩刊。早期為超現實主義詩人，表現手法近於魔幻，出版詩集《魔歌》一書，後來被詩壇稱為「詩魔」。名作《石室之死亡》廣受重視，三十年來不但評論不斷，且被譯為英文，於美國舊金山道朗出版社一九九四年出版。洛夫的著作甚豐，出版詩集《時間之傷》等二十七部，散文集《一朵午荷》等五部，評論集《詩人之鏡》等五部，譯有《雨果傳》等八部。詩集《魔歌》被評選為台灣文學經典之一，近年來更出版〈漂木〉一詩，一詩即為一本書，長達三千多行，是詩人嘗試長詩之創作。

　　洛夫〈金龍禪寺〉一詩收錄於早期的詩集《魔歌》，亦收錄於《洛夫世紀詩選》中。洛夫詩的創作方式充滿想像，掌握意象並以意象抒發個人對於現實世界的觀感及情愫，而且擅用超乎現實的意象系統，將情意涵融其中。及意象清新並翻化古典意象，使古意今用，如〈金龍禪寺〉一詩即是。其詩如下：

晚鐘
是遊客下山的小路
羊齒植物
沿著白色的石階
一路嚼了下去

如果此處降雪

而只見
一隻驚起的灰蟬
把山中的燈火
一盞盞地
點燃

一、巧妙的譬喻效果

　　第一段所描述的景象是禪寺以及通往山下蜿蜒的山間小路，路旁長著綠色的羊齒植物，詩人（或遊客）一路聽著傍晚的鐘聲響起，一路沿著石階走下山去。就內容而言，是一般人都可能會遭遇的情景，但是這首詩之所以具有藝術價值，能夠感動人心而膾炙人口，在於它的藝術表現手法。

　　這段詩的特色，是詩人巧用譬喻，「晚鐘／是遊客下山的小路」為本體、喻詞、喻體皆具，而以繫詞代替喻詞，是屬於譬喻中的隱喻，形式上是譬喻法。然而詩句讀起來卻有一種讓

人拊掌稱妙的感受，其因在於詩人運用巧妙的手法。「晚鐘」
是抽象的聲音意象，「小路」是具體的視覺意象，一為抽象一
為具象，兩者本不相干，但是在此詩中卻可以放在一起產生特
殊的效果，其聯想的點在於晚鐘所引起的意義與小路的意義有
相近的地方，而將兩者關聯起來。

　　譬喻的定義在於以乙物喻甲物。而譬喻的心理基礎是兩者
之間有共通或相近的性質，可以透過對於乙物的特質認知進而
得知甲物的特質。一般的譬喻都是以具體可感的特質作為兩者
相關聯的基礎，而不會以抽象的特質來譬喻。但洛夫此一詩句
的巧妙之處即在於「晚鐘」雖是抽象的聲音，其意義卻指向
「暗示遊客該回家」的一個指標。同時，「下山的小路」的意義
也是「暗示遊客該回家」的指向，兩者借由意義的相通而產生
譬喻的聯結。這在譬喻法上不是正格而是偏格，在技巧上是險
招，但是一旦組合成功，就會產生意想不到的效果，使得詩句
有嶄新的創意而成為創作成功的絕妙意象。此詩的第一句看似
平凡，但是效果驚人，其因在此。

　　而「羊齒植物／沿著白色的石階／一路嚼了下去」這一句
也很妙，羊齒植物一路由山下到山上在石階的路旁，「羊齒植
物」是植物，但是「羊齒」一詞讓作者聯想到動物的羊，再聯
想到羊「嚼」草的動作。因此，用「一路嚼了下去」的動作描
寫一路上皆有的羊齒植物。這是物與物之間的轉化修辭法。

　　但是，轉化修辭可以是機械的由一物轉化另一物，也可以
如洛夫此句的轉化不只是一個層次的轉化而已。對於羊齒植物
而言，其一是轉化其物的特質，由植物而轉為動物，其次，轉

化的動作有二，一個是「沿著白色的石階」，是動態的展現，只有動物才可以有移動的可能，植物是不會動的，但是，若是植物連成一條，在路旁形成綠色的一線，則作者想像成是植物在沿著小路下山，一路「嚼」了下去，這裏有兩個動態的呈現，就不是單一的轉化法，而是植物轉為動物，同時又進行的兩個動作了，其形式較為複雜。

再者，最妙的地方還在於，真正走路下山的是「人」而不是「物」，更不是羊齒植物。羊齒植物一直都站在同一個地方，但是人卻是從山上移動而下的，真正移動的是人，詩人卻不說我下山了，或是說遊客下山了，卻大費周章地轉而說是「羊齒植物」一路下山了。因而詩人必須先轉化植物成為動物，才有下山的移動的可能，然後，植物的下山其實是人的下山，由物的動態來寫人的動態。物我之間形成默契，寫物即在寫人，寫物即在喻人。

如果將移動這件事拿來探討時，會發現一個有趣的現象，移動是一種相對的觀念，當甲物不動而乙物動時，或是甲物動而乙物不動時，或是甲乙皆動時，對於甲物與乙物來說，都有移動的感覺。只是在相對的速度上可計算出只有一方在動或是兩者皆動。這就像在機場的電動走道，人是不動的，由腳下的轉帶的移動而移動，人不動而景物動，景物依然產生變化，人的視界依然有移動的錯覺。

這就產生一個弔詭的現實，事實是詩人在移動，而植物不移動，這時，詩人會有移動的感覺，但是，如果詩人不動，而動的是植物，對於詩人而言也有移動的錯覺。因此，在文學創

作上,以此詩句而言,它只是描寫「遊客下山」一事,極為簡單而平凡,但是詩句的創作卻複雜化而且藝術化,不寫遊客而寫植物,不寫人的移動而讓植物的移動來暗示人的移動的動作。彷彿是一個人不動,而周遭景物在移動,則人也會有移動的錯覺。因此,寫人而以物代替,不寫人的下山而寫物的下山,這種手法將單純的意念複雜化,是運用高超的藝術手法的結果,也是詩人特意在創作手法上展現技巧。

二、雪的意象

第二段只有一行,「如果此處降雪」,用假設語氣做一個大的轉折,讓讀者產生疑問,驚奇,而引起閱讀的興趣。

但此處最難解的是「雪」的意象是指什麼?是真下雪了,作者在北國的冬天?或者是假的雪?想像的雪?從第一段中得知,背景既有綠色植物的山間小路,就不可能是有雪的季節,因此推知,此一「雪」必然是虛擬而假想的雪,不是真雪。於是,進一步要問,此處虛擬的「雪」指的是何物?還是象徵或暗喻?

從前後段可知,此時應是黃昏時段,月亮正要昇起之時,而作者以假設的語氣說「如果此處降雪」。假設有雪,表示事實未發生,尚未完全出現,只是作者想像。因此,推想「雪」應是假想的東西,而能暗示另一物的出現。李白〈靜夜思〉中說:「床前明月光,疑是地上霜,舉頭望明月,低頭思故鄉」,將明月光以「霜」為喻。因此推想,洛夫是為了避免與古人

同，而又選擇類似之物來比喻，因而選擇「雪」喻月光。只是，洛夫此詩句較為晦澀而難解的原因，在於李白的詩句中明言「疑是」地上霜，明白指出月光好像是地上霜，譬喻的形式明確，因而人們見其譬喻之妙，而不見其晦澀不解。但是洛夫此句，卻是一個假設語句，而將「雪」比喻為月光的部份隱而不說，是以「借喻」的喻體——雪，直接出現，然後又加上假設，於是兩個層次的意思用一個句子完成，其**意義太過濃縮**而造成解讀上必須轉彎而曲折地思考。

同時，月光似雪之譬，雪為名詞，但是作者卻說「降雪」，又將原本可能解出的喻體，以動作形式呈現，把名詞變成動詞的表現，以動態表靜態。因而，多重的意義與轉折實令讀者費解。筆者認為此處的譬喻雖妙，但是在表現形式上可以稍稍稀釋，將文字意義略為放鬆，**就會讓讀者易解而不會產生閱讀的困難**。

三、灰蟬與燈火的意象

第三段的時間點接續第二段而來，當月光可能出現時，時間點已進入夜晚，夜色的黑暗漸漸取代黃昏的情調。因此，詩人下山之後，回首望著山的方向，整座山籠照在夜色之中，月光驚起的一隻灰蟬，飛過天邊，彷彿把山間人家的燈火一一的點燃。

這一段運用的技巧非常巧妙，與第一段一樣，都是描寫很簡單的內容，這一段的主要內容是寫山上燈火一一點亮，但

是，在平凡的題材與內容的處理上，必須運用特殊的藝術技巧，才能突顯出作品的價值。

此段特殊的地方在於作者擅用人與物之間角色互換的技巧，把人與物合而為一，任其心意所想，進行意象的安排。因而，此應是人們將燈火點亮而不是灰蟬點燃燈火，但是詩人卻反而說「而只見／一隻驚起的灰蟬／把山中的燈火／一盞盞地／點燃」，詩人說點燃燈火的是一隻灰蟬而不是人，這就打破既定的思維與規律，把原來應如何的東西與習慣，換成另一種東西，而且將人與物互換，這就造成創意與新奇，使詩句具有變化而有新奇的效果。

同時，當作者說一隻灰蟬把山中燈火「一盞盞／點燃」時，一盞盞點燃的動作其實也是不符合現實狀況，但是卻合乎心理期待的美感。彷彿慢動作的鏡頭，燈一盞盞地被點亮了，這在想像的美當中創作出浪漫的情調，雖然是人工所加的美感，卻比現實的美更具有吸引力以及想像空間。

最特殊的地方在於作者的取景角度，當灰蟬飛起，我們可以想像畫面如下：背景是山，天邊有月，而隨著蟬飛行的方向與高度，我們的視覺被引帶起來，由近而遠，由小而大，由地面到空中，由小範圍到大範圍，然後，突然之間，看到了整個山以及山中的點點燈火，視覺又轉回山景，不再追逐蟬的方向，把短暫而近的視角，拉到遠方，拉到了光明而溫暖的感受之中。

就視角與畫面的變化，使用了電影的手法。讓畫面帶領著視覺，由視覺的變化引起場景的變化，由這些的改變將心境自

然而然引進作者所想要表達的情意內容之中。因此,表面上看起來很簡單,但是,卻能達到情境的塑造以及氣氛的感染。

另外,作者使用「一隻驚起的灰蟬」,與前面降雪相呼應,使人聯想到傳統詩中的「月出驚山鳥,時鳴春澗中」的句子,因為四周的寧靜使得月亮的出現彷彿為驚天動地之事,月的亮度把山鳥都驚醒了。在此處作者使用「驚起的灰蟬」與前面對照來看會發現:其一,由「灰蟬」見出這是夏天或是秋初的季節,於是,更可以推斷前段的「降雪」非真雪,而是譬喻的喻體,因為時間季節不合。其二,「驚起」一詞,與古人的詩意相結合,更可推斷是月光,與前段的推論相合。

四、禪悟與象徵

燈的意象本代表著光明,而作者寫金龍禪寺,最後一段卻以「燈火」做結,看起來像在寫景,然而,若是作者有意識地取擇意象,則燈將成為禪心體悟的象徵,是詩人參訪禪寺之後,對於生命的體悟,使原本如黑色黯淡的心,像點亮了燈火,重新賦予光明,也重新找到方向與希望。

而燈火的點燃是在假設句「如果此處降雪」之後,「月」的意象在禪宗的公案中,曾有「以指指月」之公案,暗示著明心見性如同月亮,見月而忘記指月之指。因此,月亮不但代表光明,心中如月般皎潔,也有禪悟之頓悟的意義。

所以,當詩人從禪寺下山,象徵的是由世外之境重新進入紅塵,而詩人再度入紅塵的心境又是如何呢?回首一望,看到

的是燈火，彷彿心中有所體悟，像燈火一樣點燃，整座山不再
是黑夜，而在黑暗中有燈光點點，這對於詩人而言具有象徵意
義，象徵著詩人心中的感受，在禪寺所受的薰陶與洗淨，之後
再入世間，心中重燃起頓悟與明亮的希望。

五、結論

　　洛夫的〈金龍禪寺〉一詩，得到讀者的喜愛，因其在自然
的景物描寫之中，不但把藝術技巧融入其中，也能將心中的情
意充份表達，語句清新自然，而節奏輕快活潑，同時也能磨去
技巧的毛邊，化人工成自然，在簡單的詩句中蘊藏最豐富的內
容，這是這首詩令人讚嘆之處。

　　只是第二段略顯晦澀，而有解讀上的困難，此為小疵。但
是，此詩的技巧可以隱含其中，可說是達到化境，使得瑕不掩
瑜，是一首藝術價值相當高的詩作。

延伸閱讀

◎　鄭愁予〈苦力長城〉

◎　楊牧〈微雨牧馬場〉

◎　渡也〈雨中的電話亭〉

習作與問題

一、〈金龍禪寺〉的第二段中「如果此處降雪」,「雪」是指何
　　物?

二、古典的意象中,李白〈靜夜思〉中「床前明月光,疑是地
　　上霜」的「霜」是真的霜嗎?還是指其它物?

三、詩中的一個句子「羊齒植物／沿著白色的石階／一路嚼了
　　下去」是利用擬物來寫人,以物之移動寫人之移動。可否
　　模仿此種方法,練習創作詩句。例如:當你開車或是坐車
　　在高速公路上奔馳時,四周的景物不斷向後退去,你可以
　　用景物倒退很快來形容車子速度很快。請站在景物的角度
　　寫詩句數句。

從譬喻中發展詩意

論洛夫的〈子夜讀信〉一詩

　　洛夫（1928－），本名莫運端，湖南衡陽人。簡要生平見前文。洛夫〈子夜讀信〉這首詩收錄於早期的詩集《魔歌》中，同時收錄於《洛夫世紀詩選》中。洛夫的詩融合古典文學的意象與現代詩的創意語言，創造出深沉的氛圍與意境，寄寓個人對世界的觀感及情愫，表現出意象清晰，情感深摯，清新可喜的面目。

　　「譬喻」的修辭技巧起源的時間很早，而且運用既多且廣。孟子擅長以譬說理，將抽象的道理或難以言說的事物，借由熟悉或是淺近的事物，以此喻彼，令聞者能借此解彼，以闡明所表達的事物。從先秦以來，譬喻法即廣用於文學創作及義理闡發，且日益推陳出新，曲盡聯想之奇崛和文藻之變化。

　　在現代詩中，詩人運用譬喻修辭作為整首詩的基本思維與架構，例如洛夫的〈子夜讀信〉一詩，就是從一個「暗喻」開始的：

　　　子夜的燈
　　　是一條未穿衣裳的
　　　小河

你的信像一尾魚游來

讀水的溫暖

讀你額上動人的鱗片

讀江河如讀一面鏡

讀鏡中你的笑

如讀泡沫

　　這首詩很短，主要的寫作技巧與意境可從以下的幾個方面來說：

一、修辭技巧

　　詩的第一段，是以一個「暗喻」開始了詩意的營造。一開頭說「子夜的燈是一條未穿衣裳的小河」，詩人將一個完整的句子分為三行，成為「子夜的燈／是一條未穿衣裳的／小河」有何用意呢？詩句一旦被分成三行之後，就將一個句子的主詞拆解為三個：「子夜的燈」、「是一條未穿衣裳的」、「小河」，這樣一來，就造成了兩種效果，一方面強調語氣上的節奏感，在句子的長短變化上呈現快慢輕重的韻律；另一方面，這種韻律也配合了文意上的轉變，因此，在文意上自然會轉而強調處於喻體地位的「小河」。因此，「小河」成為引發下一句或是下一段的文意發展的主體。其中，用來形容「小河」形貌的是「未穿衣裳」，使用「擬人法」。

　　第二段的主要修辭法是「明喻」與「排比」。此段共使用

三個明喻，即「你的信像一尾魚游來」、「如讀一面鏡」及「如讀泡沫」。另外還有四個排比法，即「讀水的溫暖／讀你額上動人的鱗片／讀江河如讀一面鏡／讀鏡中你的笑」。第二段開始所說的「信」像「一尾魚」的比喻是從第一段「小河」的意象衍生而來，因為子夜的燈如「小河」，因此，燈下所讀的信就像是河中的一尾魚兒，同時，信是從他方寄到我的手中，與河中的魚兒「游」來的動作皆具有「從你而來」的相似性，可見此一譬喻使用得非常巧妙。

在讀信的動作上，作者使用「排比」修辭法，並且利用詩的分行讓每一個排比的意象都能整齊排列，並且各自獨立成一個完整的意念，不但讓排比法發揮形式上的作用，而且充分表達出詩人在讀信時心情雜陳的情狀。

二、創意設計

這首詩的主要創意設計來自於作者對於譬喻的掌握，由於一個巧妙的譬喻，引發整首詩的創意與巧思。

當作者將子夜未熄的「燈」想像成一條未穿衣裳的「小河」時，基本上整首詩的創意已經呈現，整首詩的架構也已然成型。「燈」是固體的、不動的，「河水」是液態的、流動的，就現實狀況言，兩者是截然不同種類的事物，而洛夫竟能將之彌縫而聯繫成一體，這是他聯想力豐富，並善於融合各類意象的功力所在。而「小河」的意象可能的涵容性較「燈」來得多樣且複雜，所以由河所衍生出來的「意象系統」也較能完整形

成。因此，從「小河」的意象中，燈下的信就如同小河中的魚兒，一封一封的信就像是一尾一尾的魚，這樣的思緒發展合於情理，並且給予讀者嶄新的想像。

同時，當燈是小河，而信是一尾魚的譬喻成立，那麼，作者呢？作者在燈下讀信一事便彷如在岸上觀魚，雖然這一點詩中並未明確點出，但是從詩意的發展上卻可看出詩中作者「有我」的存在。因此，作者從信中讀出了一些心情、一點感動、一絲感懷。這些情感上的感動，化為意象則是「讀水的溫暖」，指的是信中的情感溫度是溫暖的。「讀你額上動人的鱗片」中，「鱗片」是接續魚的意象而來，「額上動人的鱗片」可解讀為信中內容所流露的動人的情感。「讀江河如讀一面鏡」，「江河」也是從「小河」、「魚」的意象系統而來，可說信中的內容如江如河一般深廣而綿遠，「如讀一面鏡」是指作者認為信中的內容像一面鏡子，照出許多人生的真理與真象，而在此更有照見過去，使過去歷歷在目之意。「讀鏡中你的笑」，信中的你彷如在眼前，正對著我笑，這是作者的想像。但是「鏡中的你」卻是虛幻不實的，可見作者在想像中，依然理性地掌握「你」是虛幻不實的事實。「如讀泡沫」，這句話承接上一句「鏡中你的笑」而來，鏡中你的笑是虛幻的，像在讀泡沫，「泡沫」的質性具有容易消失，剎那即是美麗的特色，可見作者主觀認定信中的你是易消逝的，雖然有「笑」，但不是永恆，是短暫而不可捉摸的。同時，「泡沫」的意象又可與「魚」的意象相應，信如魚，信中的內容如魚所吐出的泡沫，前後呼應，更見出意象系統的統一性。

因此，信中的內容我們無可知曉，但從作者的情感起伏來看，可以見出信的內容帶給作者的是溫暖的、動人的、情摯感人的，但是信中的你的笑卻是如此短暫而易逝，這種情形讓作者的情感從溫暖急轉直下，歸於泡沫般的無奈。

三、意境蘊藉

這首詩從子夜讀信的心情寫出每個人都可能做的事、想的事，以及激起的情感，這種訴諸人們情感的共通性，並用了一個巧妙的譬喻寫出心境的變化，並且完成一個新奇而絕妙的意象系統，這是此詩成功的地方。

夜，是深沉的，深夜裏讀信，更有一種寧靜中見真情的場景。在深夜裏，許多凡塵俗事、過往雲煙，都可能被夜的沉靜喚醒。作者未曾說明這是一封白日裏剛收到的信，或是塵封已久的舊信，或者是白日已經讀過，在夜裏重新拿來讀，或是突然從抽屜中尋獲，信，如何而來？內容如何？我們都無法在詩中看出，我們只能看到作者因為夜的關係所引發的情感，因為讀信的內容所想起的你的笑容，你的彷如在鏡中，如泡沫般的笑容，讓作者的心情有些歡喜、有些感嘆、有些無奈，也讓讀者喚醒許多深夜裏讀信的經驗，許多共同的心境起伏。

洛夫擅於運用意象，簡政珍稱之為「中國白話文學史上最有成就的詩人。」而蕭蕭、張默編的《新詩三百首》中對於洛夫的意象使用也稱其具有出奇制勝、隨意揮灑的特性，並稱洛

夫詩作的迷人之處即是此種憑空而來的意象使用。洛夫此詩雖短，同時與其擅於出奇制勝、憑空而來的意象使用方式有所不同，但是詩中的情感卻能打動讀者的心，喚起共同的經驗與感受，在詩中每一分行都是一個完整意象，卻又扣緊了「河」的意象系統，使詩的意象發展循著同一系統的物象出現，也使情感具有統一的指涉。因此，此詩雖短，卻精緻可喜，令人印象深刻。

延伸閱讀

◎ 沈志方〈書房夜戲〉

◎ 鄭愁予〈天窗〉

◎ 方思〈聲音〉

習作與問題

一、洛夫此詩主要是善用何種修辭法？

二、除了譬喻之外，「讀信」還可以用怎樣的修辭技巧表現？請做一個小練習，如果以「讀信」為題，以詩的創意以及意象用一句詩練習書寫。請依能力盡量書寫。

例如：◎讀著魚雁的眼睛

◎你的信如深藍天幕在我眼前展開

◎承諾織成的短箋如錦如繡

好耐讀的一封家書

向明〈湘繡被面〉一詩的鄉愁

　　向明（1928－），本名董平，湖南長沙人。向明畢業於軍事學校，曾任《藍星詩刊》主編（現為詩社資深同仁）、《中華日報》副刊編輯、台灣詩學季刊社社長、年度詩選主編、新詩學會理事、國際華文詩人筆會主席團委員等。其詩曾獲優秀青年詩人獎、文協文藝獎、中山文藝獎、國家文藝獎、一九九○年大陸全國報紙副刊好作品評比一等獎等，並於一九八八年獲世界藝術與文化學院頒予榮譽博士學位。作品被選入國內各大詩選，並於世界各地的詩選集中佔一席之地。自詩集《雨天書》之後，到《新詩後五十問》共有譯著有詩集九種，詩話三種，自選集兩種，童話冊二冊，散文一冊，詩集四種等共二十冊。

　　早期的向明在一九七○年以前只出了三本詩集，間隔了十二年才出版第四本詩集《青春的臉》，爾後約一至兩年內就出版一本詩集、評論、散文等，為創作不輟的詩人。其中由爾雅出版的《新詩五十問》及《新詩後五十問》提供詩的愛好者許多寶貴的意見，為頗受好評的理論書籍。

　　詩人蕭蕭評論向明的詩風，認為其早期相較於余光中、羅門、管管等詩人在詩壇上引起的旋風式的喝采而言，向明是較

為寂寞的。因為向明的個性內斂,加上其詩作的內容多從一點一滴的生活經驗上取材而來,必從豐富的生活歷練之中,才見其精鍊[1],因此不容易在創作的初期展露頭角。

向明的詩風可說是平實中見真情,平淡中見驚奇,他的取材來自於真實的生活,不作無謂的浪漫綺想,例如他寫妻子、寫窗、寫門、寫鄉愁、寫咳嗽、寫出恭、寫翻書、寫生活中的瑣事,將生活的喜怒哀樂、真實的人生記事一一化為詩篇,所以容易引起讀者的共鳴。而他的語言風格如同寫意畫,淡淡數筆,就將情感與意境自然呈現,偶有幾句匠心獨創的句子,穿插其間,製造一些波瀾起伏的場景,例如:「當風雨的大軍擠過低沉的黃昏/我躍出了夢的蝸居,縱身呼應」(〈簷滴〉)、「窗外悄來的夜色把我的憤怒逼燃了」(〈燈〉)、「你發霉的記憶需要曝曬」(〈雨天書〉)等,在自然平淡的敘述中點綴出一絲新鮮與驚奇。

從向明的〈向明詩觀〉中自言:「我堅持以生活入詩,更以精鍊的生活語言來表現詩。」又說:「我還是走我自己的路,寫我自己認為的詩。」應證於詩作,我們可以尋索出詩人的堅持以及他對於詩觀的實踐。

筆者認為向明的詩作中最令人感動的是他用生命體驗換來的詩,用真情至性所描繪的心境與感情,語言雖然平淡,卻從中見出超越語言重量的深厚感情。茲錄〈湘繡被面——寄細毛妹〉一詩如下:

---

[1] 見蕭蕭〈向明的詩與生活美學〉於《向明世紀詩選》(台北,爾雅出版社,2000.4.5.)頁6。

四隻蹁躚的紫燕

兩叢吐蕊的花枝

就這樣淡淡的幾筆

便把妳要對大哥說的話

密密繡在這塊薄薄的綢幅上了

好耐讀的一封家書呀

不著一字

摺起來不過盈尺

一接就把一顆浮起的心沉了下去

一接就把四十年睽違的歲月捧住

遲疑久久，要不把封紙拆開

一拆

就怕滴血的心跳了出來

最是展開觀看的剎那

一床寬大亮麗的綢質被面

一展就開放成一條花鳥夾道的路

彷彿一走上去就可回家

能這樣很快回家就好

海隅雖美，終究是失土的浮根

久已呆滯的雙目

真需放縱在家鄉無垠的長空

只是，這綢幅上起伏的摺紋
不正是世途的多舛
路的盡頭仍然是海
海的面目，也仍
猙獰

後記：日前細毛二妹自湖南老家輾轉託人帶來親繡被面
一幅，未附隻字說明，因有感而草作此詩寄之。

〈湘繡被面〉一詩發表於一九八九年八月十八日聯合副
刊，詩的「後記」中已將詩的創作動機說出，是由於二妹自湖
南老家輾轉託人帶來親自湘繡的被面，因而觸引詩人懷鄉的情
感，才寫下此詩。當時尚未開放大陸探親，對於親人的思念往
往透過「物」來寄託，此詩因物託情，是作者一時激發之情緒
而為此詩[2]。雖然，睹物思情，詩人積累數十年的心事欲衝而
出，詩句上卻淡然訴說，見物思人，不言而自言，不說而已
說，這種蘊而不發、含蓄的情感所形成的強大張力，反令讀者
心中產生更大的衝擊。

一、看被面──淡而不淡的情感

此詩運用的技巧平淺而不露痕跡，便把意象訴說清楚，但

---

[2] 見張默、蕭蕭編《新詩三百首》（台北，九歌出版社，1998.）頁 379。

其中也有一些特殊的煉字，以突顯文意，第一段中，詩人一開始淡淡地說被面上的花枝與紫燕是「便把妳要對大哥說的話／密密繡在這塊薄薄的綢幅上了」，筆畫是「淡淡的幾筆」，卻是「密密繡」，令人想起孟郊的〈遊子吟〉：「慈母手中線，遊子身上衣；臨行密密縫，意恐遲遲歸。」也是用物來襯托出情感的深摯。而此詩的「密密繡」所描述的情感，與古人的「密密縫」有異曲同工之妙，古典詩中不直接說母愛，而是將母親的愛藉由仔細而綿密的動作自然地傳達，因此，不直說比直說更具感染力。所以，此詩的「密密繡」的動作也正是不言而自言，詩人想像妹妹「密密繡」的動作，襯托出對兄長的思念之情。

同時，當詩人從「淡淡的幾筆」想像妹妹「密密繡在這塊薄薄的綢幅上了」的時候，一方面，「淡淡」、「密密」、「薄薄」詩人使用的「類疊」修辭，不著痕跡地描寫詩人強自壓抑的情感是如何地深厚。因為「物」本身是「淡而薄」的，卻是承載著「密密」的情感，在兩者的矛盾之中，更顯出情感的張力，而使得詩人內斂含蓄的情緒表情躍然眼前。因此更加說明詩人強自壓抑了四十年的情感在看似平淡的面具下其實是洶湧澎湃的，只是被外表所掩蓋而已。詩人外在與內在相互矛盾的情感在詩句中顯現出來，使得詩人的無奈與悲涼隱隱地透現著。

另一方面，詩人卻不同於古典詩歌而有新的創見，直接說出繡的是花是鳥，卻也是妹妹對哥哥要說的話：「便把妳要對大哥說的話／密密繡在這塊薄薄的綢幅上了」兩人間的默契，

盡在不言之中，只有默然而不用多置一言一語。詩人寫出情到深處便無須言語的意境了。

可見出「物」的本身無情無語，卻能引起「人」的一連串的思緒，雖然是普通的被面，上面畫著簡單的花鳥，在一般人而言可能是不值錢的東西，卻因為物品的來源是遠自對岸，是睽違四十年的妹妹親自繡的。因此，「物」便不再是普通之物，反而是極具紀念價值的無價之物，因為物本身承載的是深厚的親情，是曾經隔絕四十年的親情。可見古今時代風氣潮流雖有異，但人的情感卻還是共通的。

二、捧被面──好一封耐讀家書

第二段說：「好耐讀的一封家書呀／不著一字／摺起來不過盈尺／一接就把一顆浮起的心沉了下去／一接就把四十年睽違的歲月捧住」，此處承接上一段的敘述而來，用譬喻法將絲繡被面比喻成一封耐讀的家書，一封無字的家書，卻比有文字的家書更為耐讀。這封家書「不著一字」，而且大小摺起來不過一尺，剛好可以用雙手捧住，然而，這封無字的家書卻是詩人心中沉重的鄉愁，是引起深厚親情的事物，物雖然很輕，情卻是無法負荷地重，所以作者說：「一接就把一顆浮起的心沉了下去／一接就把四十年睽違的歲月捧住」，作者用排比的手法，寫一個「接」家書的動作，卻同時引發兩種心情，一是心沉了下去，一是捧住四十年的歲月，這兩者都是因為接／捧而帶來的感受。「浮起的心」寫的是詩人得到親人消息的喜悅心

情，但是一旦真正面對親人或是與親情相關的事物時，本來掩蓋住的沉重鄉愁與情感彷彿找到一個宣洩管道，在接觸的剎那引發種種的情緒反應，使得原本是輕鬆或是喜悅的相逢，反因過去內在隱而不發所承受的重大心理壓力而急轉沉重。因為分離的悲痛、鄉愁的重量早就超過雀躍的心情，使得那一刻裏浮現所有的悲傷，令人感到浮起的心又沉了下去。

而一接就捧住了四十年的歲月，詩人說的就是在接家書的剎那浮起的四十年所有的辛酸歲月。「捧住」的動作，本是捧著具體之物，詩人卻以轉化法，將具體與抽象之物混同，而以抽象的物作為捧住的對象，使得詩人的情感與直覺得到強化，而以手中捧著「四十年睽違歲月」加強說明了分離四十年的想念與無奈，彷彿在此同時，所有四十年的歲月都在一瞬間同時出現，所有的鄉愁也在接著家書的時刻全然浮現，於是多種心境混攪，使得詩人心中滋味雜陳，難以一一述說，於是，一句「四十年的歲月」就含融了詩人心中無限的酸甜苦辣。

三、展被面——一條回家大道

第三段寫得是詩人面對著一張家鄉來的被面，遲疑著要不要打開，以及打開之後所引起的內心感觸。「遲疑久久，要不把封紙拆開」是一句問句，問自己到底要不要將被面拆開來看，近在眼前之物，卻令人遲疑不敢進一步打開，頗有近鄉情更怯的心情。因為「一拆／就怕滴血的心跳了出來」，詩人用心的滴血來說明自己心境的哀傷，但是「滴血的心」與常用的

「心在滴血」的意思是一樣的，只是將句子稍做變化，嚴格說來，意象與語言上並不創新亦無創意可言，此或者為作者太過強調情感的抒發而在文字上輕忽的結果。

最後，詩人還是將被面展了開來，「最是展開觀看的剎那／一床寬大亮麗的綢質被面」，結果終於揭曉，原來是一幅亮麗的綢質被面，湖南湘繡本是一種很有特色的地方刺繡，繡在綢質的被面上，更顯華美，而重要的不是物本身的華麗，而是它所代表的是地方的特色，也是家鄉的事物，於是擔任引發鄉愁的最重要媒介。而作者一開始並未形容正式被面的樣貌，只在第一段時說上面畫的是淡淡的花鳥，直到第三段，當作者用顫抖的手、百味雜陳的心境展開被面時，這時才露出被面真正的面貌，原來是亮麗的綢質被面，於是，因為物的美麗令人眼前一亮，因而引起詩人燃起新的希望，而有下一句的轉折：「一展就開放成一條花鳥夾道的路／彷彿一走上去就可回家」，作者將「展開」析詞為「一展就開」，並承接「開放成」，使「開」字具有上承下接的雙重作用。「A開放成B……」這是譬喻法的變型，實際上是說眼前的被面看起來像是一條花鳥夾道的路。此時，詩人用了新鮮的想像，把抽象的想像與具體的事物之間連結起來，而能充分貼切地表達作者心中的企望，於是，現實的花鳥在詩人的想像中變成花鳥夾道，而被面讓雙手一「展」的動作聯想到一條道路「展」開在眼前，兩個具體的事物在想像中拓展開來，延伸成一條想像的、由內心世界幻化出來的康莊大道。

「彷彿一走上去就可回家」詩人的口氣與用詞皆相當輕

快，可見詩人對於被面所展現出來的景象是充滿愉悅的想像，同時也是詩人心中真切的渴望，回家之路就在眼前，在雙手掌握裏所展開的一條大道，家鄉何其近啊！

詩意到此將前面的沉重的鄉愁，近鄉情怯的心情全一掃而光，將詩境帶入一個高潮，把心情轉化並提昇到另一個輕快而美好的想像世界。

四、想被面──多舛回鄉道

承接上一段的美好想像之後，筆鋒一轉，馬上將浮在天空的心沉到水底。情緒的轉折在第三段與第四段之間變化速度非常快，可以想像當作者沉浸在回鄉路的浪漫想像時，剎那間卻立刻從夢想中醒過來，理性佔滿所有感性的思考空間，「能這樣很快回家就好」，夢想若可實現當然最美，因為「海隅雖美，終究是失土的浮根」，對於居在臺灣的詩人，這塊被海環繞的土地，像是失土的浮根，終究不是作者最初的家鄉，在此用了譬喻法，但是容易令人聯想起陳之藩〈失根的蘭花〉一文，而作者不過是將之轉換為「失土的浮根」，其實意義上十分接近，若能換一個喻體，在意象的表現上會更好。

「久已呆滯的雙目／真需放縱在家鄉無垠的長空」詩人運用的是風箏的意象，用雙目取代風箏，而用「放縱」表達詩人內心的渴求，意謂著當雙目放縱於家鄉的長空時，也是內心積壓四十年的離愁傷痛得以暢快地抒發殆盡之時。「放縱」二字鍊意極佳，將內心久已呆滯、不敢表現的情感透過雙眼的凝望

得以全然釋放的感受描繪得恰到好處。而情感的基調也隨著「長空」的意象而昇高，拉高的、提昇的是詩人內心的無限希望。

只是樂極生悲，這終究只是腦海中空想的念頭，現實呢？卻是令人失望的，「只是，這綢幅上起伏的摺紋／不正是世途的多舛」又把情感拉回到現實的世界，從高處跌到低點。看到綢幅上起伏的褶紋，一般人或許視為正常現象而無特別感受，但詩人心中卻特有感觸，聯想到回鄉的路不就如同這綢上的褶紋？不就像世途多舛那樣的多曲多折，顛簸難行？「世途多舛」象徵著回鄉之路橫亙著許多艱辛，遙遙無期，道路多舛。

同時，這條回鄉的道路：「路的盡頭仍然是海／海的面目，也仍／猙獰」，這裏的「路的盡頭仍然是海」有著雙關的意味，說明回鄉之路必然經過海峽，才能到達對岸，所以海是一種對實質的現象的描述，同時另一方面則是暗示著路的盡頭是海，不再有路可行，依然是困難的阻礙。「海的面目，也仍猙獰」是暗指現實的殘酷，重重的阻隔比喻成海猙獰的面孔，令人害怕而卻步。

向明的詩作語言平淡，卻又承載著豐厚的情感，正好說明作者表面上含蓄，內心卻情意深厚的人格特質，這與詩人平日的為人相契，也與一位經歷戰亂與分離的中年男子所表現的穩重與堅強是相同的調子。

延伸閱讀

◎ 余光中〈白玉苦瓜〉

◎ 洛夫〈寄鞋〉

習作與問題

一、請寫出那些事物最能讓你想起家鄉？任舉三樣。

二、請你以「思鄉」為主題，以「球鞋」或是「毛衣」為主要
　　書寫對象，敘述你從球鞋或是毛衣想起了故鄉的心情，寫
　　詩一首。

精雕細琢與不朽

余光中〈白玉苦瓜〉的修辭技巧

余光中（1928－），福建永春人，因戀母鄉常州，亦自命江南人。台大外文系畢業，美國愛荷華大學文藝碩士。一九六四年和一九六九年兩次赴美教書，一九七一年返台，歷任師大、政治大學西語系主任、中山大學文學院院長，其間自一九七四年起曾在香港中文大學擔任教授及系主任，現為中山大學榮譽退休教授。

一九五四年余光中與覃子豪、鍾鼎文等人創立「藍星詩社」，曾主編《現代文學》、《藍星詩刊》等刊物，也曾參加現代派詩歌的論爭和鄉土文學的論戰。余光中被譽為「詩壇祭酒」，曾獲國家文藝獎。早年被譽稱「以右手寫詩，以左手寫散文」，其寫作範疇包括新詩、散文、評論、翻譯、編輯等五個領域，出版的著作有五十餘部，人稱「五采筆」的作家。其著作有詩集《白玉苦瓜》、《蓮的聯想》、《五陵少年》、《五行無阻》、《敲打樂》、《天狼星》、《與永恒拔河》、《高樓對海》、《余光中詩選》等。散文集有《焚鶴人》、《逍遙遊》、《記憶像鐵軌一樣長》、《隔水呼渡》、《日不落家》、《聽聽那冷雨》、《紫荊賦》等十餘部。評論集有《掌上雨》、《分水嶺上》、《從徐霞客到梵谷》等，評著有《梵谷傳》等，出書四五十集，是現代文

學的大家。

一、詠物與情思

　　余光中〈白玉苦瓜〉是首詠物詩。詠物詩的寫作方向，以描繪所詠物的形貌為主，並寄託個人情思，以達物我交融之境。此詩分為三段，第一段是描摹物態；從苦瓜的形態入手，並埋下苦瓜與中國關係之伏筆。第二段因物寄情；由苦瓜思及作者心中的古中國，並提出母親的意象，藉著苦瓜、中國、母親三者在情感及特質上的相似點，發展出第二段的情思。第三段以永恆作結，鏡頭重新回到「物」本身，歷經前二段的思索之後，作者最後將「物」歸於永恆。

　　這首詩從三個方向立意，其一，無論是歷經戰亂的中國或是在歷史的流轉中存留下來的白玉苦瓜，兩者皆具有堅韌的特質，故以兩物的相似性作類比，巧妙聯結彼此的關係，最後歸之於不朽與永恆存在的意涵。其二，母親的苦、中國的苦，兩者與苦瓜的「苦」雖然在意義上不盡相同，作者卻拿來放在一起作為象徵或是比喻，從其交互纏繞的意涵中見出此詩的巧意。其三，雖然「苦」是苦瓜的特質，然而，白玉苦瓜卻是不苦的，因為它是玉雕的，因而，作者最後歸於永恆的結論，就有其立論的根據，一方面是因為物體本身具有不朽的意義，與作者所要賦予的永恆意義雙關；另一方面也藉物體本身說明永恆的價值在於表面上的似苦而其實非苦，當時間流逝，歷史成為過去，物與是非存在永恆之中，則苦早已非苦了。

二、苦瓜不苦

　　在詩作的第一段中，詩人運用了「類疊」的手法描述苦瓜：

> 似醒似睡，緩緩的柔光裡
> 似悠悠醒自千年的大寐
> 一隻瓜從從容容在成熟
> 一隻苦瓜，不再是澀苦

「似……似……似……」、「一隻瓜……一隻苦瓜」連續以相同的字眼和形式說明形貌，這是「類字」修辭法，而「緩緩」、「悠悠」、「從從」、「容容」這是「疊字」修辭法。第一句「似睡似醒，緩緩的柔光裡」是從空間切入，第二句「似悠悠醒自千年的大寐」是從時間切入；似「醒」似「睡」運用矛盾修辭法，以「似」字營造出朦朧的氣氛，白玉苦瓜在「緩緩」的燈光照射下顯現出如真似幻的美。於是，第二句「悠悠」自千年的大寐醒來，無疑是說苦瓜從作者的覺受中醒來，以「似」與「緩緩」、「悠悠」類疊的修辭法，不但點出詩的節奏，也表現作者對物的感受。第三句「一隻瓜從從容容在成熟」是從正面描寫；第四句「一隻苦瓜，不再是澀苦」是從反面描寫。此亦是運用類疊修辭法。營造的氣氛是悠緩的，柔和的，因而瓜的成熟也是「從容」而舒緩的。第四句的「不再澀苦」是一個伏筆，呼應後段，意指苦瓜經歷種種艱辛之後，當它在玻璃櫃中

任人欣賞的此刻，「苦」難不再，悲苦不再，只留下令人讚嘆的美。

接下來，進一步描寫苦瓜，苦瓜的第一層「苦」是琢磨之苦：

> 日磨月嗟琢出深孕的清瑩
> 看莖鬚繚繞，葉掌撫抱
> 那一年的豐收像一口要吸盡
> 古中國餵了又餵的乳漿
> 完美的圓膩啊酣然而飽

「日……月……」是鑲嵌修辭法中的「嵌字」修辭；特地嵌上日與月，意指時時刻刻之意。「清瑩」是轉品修辭法，以形容詞代替名詞。「莖鬚繚繞」與「葉掌撫抱」形成對偶中的單句對，簡捷有力地形容苦瓜的樣貌。「那一年的豐收像……」為比喻法中的明喻，比喻豐收像一口乳漿。下一句的完美的「圓膩」又是轉品修辭，以吸盡乳漿之後圓滿而豐美之貌。此句「完美的圓膩啊酣然而飽」是運用朗誦詩的口氣寫出，余光中在其詩中常運用此法，下面還會出現。

苦瓜的形狀在詩中的意象是圓滿而豐潤的，詩中用了「莖鬚繚繞，葉掌撫抱」、「完美的圓膩」、「酣然而飽」來形容，因為繚繞、撫抱都是以圓為中心而以聚集、包圍的動作存在，圓膩是直指圓的形態，「膩」有過度之意，形容鮮活豐滿的模樣，這些意象都是與苦瓜圓潤的外形相關的用詞。

　　由「豐收」聯想乳漿，乳漿比喻著祖國所提供的養分。其中，將時間拉長，由「苦瓜」聯想到古中國那一年的「豐收」，豐收像什麼呢？豐收像是吸吮後的乳漿，這是比喻法，而這個乳漿是用傳統的中國文化與歷史不斷充實餵養而來的。此又將古中國擬人化，所以用「餵」字。於是，由苦瓜的圓潤意象聯想到那一年的豐收，而那一年的豐收像是用蘊藏幾千年的古中國餵養精華的乳漿而成，才達到完美而圓膩、甜然而飽的境界。

　　形容外貌之後，接著詩人又來一個補述，由外貌的形容，用觸覺來描述：

　　　那觸覺，不斷向外膨脹

　　　充實每一粒酪白的葡萄

　　　直到瓜尖，仍翹著當日的新鮮

「那觸覺，不斷向外膨脹」，這裏提出「那觸覺」有強調的意味。以甜然而飽的觸覺向外延伸，向外膨脹，這裏的視覺由內而外，擴張到任何一處，而苦瓜的觸覺是作者想像而來的，是作者的眼睛所見轉化為觸覺，這是「移覺」的修辭法。

　　「酪白」是複詞，由酪與白組合而成，「酪」是名詞轉品為副詞，指像乳酪一般的白，「酪白」一詞，是余光中自創的新詞。葡萄是用來形容苦瓜的外表高低起伏不平的凸起樣子。「酪白的葡萄」，利用借喻，比喻苦瓜的表面從向外膨脹到葡萄的瓜尖，是由內而外，由大而小，逐漸擴散到每一部分，而

「翹著當日的新鮮」,「新鮮」是「轉品」修辭法,以形容詞轉品名詞。這裏說明詩人主觀的意念,認為昔日的新鮮的感覺似乎還停留在苦瓜上面,於是「翹」著「當日的新鮮」,「翹」是挺起的樣子,表現豐滿的感覺。當日的新鮮不可能留到今日,這是以主觀代客觀,以主觀的意念為出發點,運用超現實的手法,以古今挪移的方式,將過去的東西移到今時今刻。

三、苦難地圖

第二段中談到中國的苦難,首先是將中國比擬為一張地圖:

> 茫茫九州只縮成一張輿圖
> 小時候不知道將它疊起
> 一任攤開那無窮無盡
> 碩大似記憶母親,她的胸脯
> 你便向那片肥沃匍匐
> 用蒂用根索她的恩液
> 苦心的悲慈苦苦哺出

「茫茫九州縮成一張輿圖」可以折起可以攤開,這是擬物為物,將物形象化。「你便向那片肥沃匍匐」,「肥沃」是以形容詞轉品為名詞。「用根用蒂」是類字修辭法,「恩液」是余光中創的新詞。「苦心的悲慈苦苦哺出」,一連用了三個「苦」字,

是類疊修辭。這裏將「慈悲」倒寫為「悲慈」一方面避免落入俗套，另一方面是運用擬人法，把中國擬為母親，以苦心的悲慈，苦苦地哺育子女。

具體所指的實物難以變動，變化，但代替品卻可以加工設計使之形成我們所需要的意象，因此，作者運用以物擬物的方式，將九州之廣縮成一張地圖，於是萬里江山便能運轉變化於詩人掌中。小時候不知將它「疊起」，一任「攤開」那無窮無盡，疊起的動作影射到實物上，也就是說將中國這塊土地任其擺放，不知小心疊起好好收藏之意。這也進一步說明詩人小時候不知孕育他的故鄉的可貴，不知好好珍惜。

直到長大以後，重新淘洗心中的記憶，才發現記憶的中國像是母親，她的胸脯是嬰兒安穩的床，她的乳漿是哺育孩子的營養。於是，詩人便用向「肥沃」匍匐，「用蒂用根索她的恩液」、「苦心的悲慈苦苦哺出」，「苦心」、「苦苦」同義，兼指苦瓜的「苦」與母親養育之「苦」。於是，一個是孕育了嬰孩，一個是餵養了在這個土地上生存的人們，將母親的形象與中國類比，將兩者的意象結合在一起。

然而，接下來說「不幸呢還是大幸這嬰孩」，這是詩人的疑問，以一個「設問」轉折文氣，將前述的情景轉化成另一個敘述角度。

> 不幸呢還是大幸這嬰孩
> 鍾整個大陸的愛在一隻苦瓜
> 皮靴踩過，馬蹄踩過

重頓戰車的履帶踩過

一絲傷痕也不曾留下

「不幸呢還是大幸這嬰孩」這是設問，同時也是類字，也是對比。「鍾整個大陸的愛在一隻苦瓜」，「鍾」是聚集之意，將動詞放在第一字特別強調聚集的動作。「整個大陸的愛」是「鍾」的受詞，而「在一隻苦瓜」是指對象。「鍾愛」本是一個動詞，把一個詞拆解掉放在同一句子的不同地方，此為「析詞」修辭法。「皮靴踩過，馬蹄踩過」、「重頓戰車的履帶踩過」，此用部份代全體的「借代」法。皮靴是軍人，就是代表軍隊，馬蹄是軍人的馬，戰車的履帶就是戰車與武力。而重複的三個「踩過」就是類字修辭法。最後是詩人的評論：「一絲傷痕也不曾留下」，這是誇飾修辭法，說明了母親的堅強與生命的韌性。母親般的中國也暗指「白玉苦瓜」是如此清瑩無瑕，無論經過多少年多少戰火，現在，它還好好地躺在玻璃櫃裏，完美潔淨，不受絲毫損傷。提點出韌性與不朽的意象，有引起下一段的「永恆」之意，也與第一段的「清瑩」相呼應。由此見出，詩人在寫作時所使用的詞句能達到前後意象集中，結構嚴謹。

四、不朽的生命

第三段是詩人的思緒拉回眼前，在遨遊歷史之後，再一次端詳眼前的白玉苦瓜，自然又是另一番光景：

　　　只留下隔玻璃這奇蹟難信

　　　猶帶著后土依依的祝福

　　　在時光以外奇異的光中

　　　熟著，一個自足的宇宙

　　　飽滿而不虞腐爛，一隻仙果

　　　不產在仙山，產在人間

　　這是詩人對於苦瓜的再一次思索，隔著玻璃下的苦瓜，用「奇蹟難信」本是「難以置信的奇蹟」，是倒裝，是指奇蹟難信的「苦瓜」。「后土」是指中國這一片土地，「依依」是疊字。「后土依依的祝福」是擬人法。

　　這苦瓜因為有土地的祝福，因此，在時光之外，獨立存在的空間之中，苦瓜熟著，在自足的宇宙。這是詩人要點出苦瓜的「不朽」與「永恆」，於是設計了苦瓜存在另一個非人間的宇宙，是一隻不腐爛的仙果，這個仙果在人間供人欣賞，於是說「不產在仙山，產在人間」，仙山與人間是對比修辭。利用對比說明苦瓜在另一個時光中存活，卻在人間供人欣賞。詩中用「奇蹟」、「奇異」與「仙果」、「仙山」呼應。這裏詩人想寫不朽卻又不落入俗套，故意設計一個似真似假，似在人間又似在另一個空間的場景，用來安插苦瓜的不朽生命。

　　　久朽了，你的前身，唉，久朽

　　　為你換胎的那手，那巧腕

　　　千晒萬晬將你引渡

　　　笑對靈魂在白玉裏流轉

　　　一首歌，詠生命曾經是瓜而苦

　　　被永恆引渡，成果而甘

「久朽了，你的前身，唉，久朽」，是用朗誦詩的方式歌詠了不朽：兩個「久朽」是類句修辭法。而「久朽」就是「不朽」加以變化而來的新詞。「你的前身」是苦瓜形成前的璞玉，暗指此玉之美，玉的美從仙山而來，說明其美非人間所有。詩人讚嘆苦瓜的久朽之後，久朽可以單獨理解，意指苦瓜本身，也可以與下一行的「為你換胎的那手」一起，成為同一個意象，因此，「久朽」可能指向兩個意象，其一是指雕成苦瓜之「玉」本身的不朽；其二是「巧腕」，是因為那手將玉雕成苦瓜而隨著苦瓜不朽。

　　「那手，那巧腕」是「借代」法及「抽換詞面」，「巧腕」與「手」是抽換詞面。「千昐萬睞」是運用「嵌字」、「抽換詞面」、「誇飾」、「對仗」的技巧。「笑對靈魂在白玉裏流轉」，是「懸想示現」，而作者將「笑對」放在句首，就讓意義產生解釋上的歧義，意指作者想像白玉中有微笑的靈魂，或是作者對於白玉中的靈魂笑著。「一首歌，詠生命曾經是瓜而苦」，白玉的形成到現今躺在玻璃櫃中是一串輾轉流傳的歷史，也是母親的中國在苦痛中走過來的辛酸血淚。

　　　像一首歌，這首歌歌詠著生命曾經奏過的樂章，這樂章，是瓜是苦，但已成為過去。這又運用「暗喻」法，省略本體、喻詞，只剩下喻體。「被永恆引渡，成果而甘」，這是擬人法，

永恆引渡了苦瓜，也引渡了一切。這句話是說「苦瓜啊，你已成為永恆」，但作者將「永恆」擬人化可以避免俗套，更強化其動態之美。歌詠著生命曾經的苦痛，這苦痛不管是苦瓜被雕琢的苦，還是中國的歷史在重重戰火下的苦，這些都已經成為永恆，生命在永恆中不朽，苦痛已經變成甘果。

作者二度使用「引渡」一詞，目的是在於聯結「手」與「苦瓜」，也聯結「苦瓜」與「永恆」，看到苦瓜的精美彷彿想到刻鏤的那手，手腕的動作是虛的，已經過去的，早已經消逝在時間的巨輪裏，而苦瓜是實的，是存在於此刻的，是「千晬萬睞」的雕者的精心製作，是雕者用心呵護、用心雕成，更是手「引渡」了樸玉使之成為精美的藝術品。同時也代表苦瓜的生命被「引渡」、「提昇」到永恆之境。因此，「引渡」一詞所蘊含的意義更為深遠。於是，製作者的「靈魂」彷彿在白玉間流轉存活，而「白玉苦瓜」也從樸玉「引渡」為精美的藝術品而不朽了。

從第一段的對苦瓜外表的描繪到最後一段將苦瓜昇華到永恆，詩人有意識地設計了對苦瓜的詠嘆，從外表到內在，從表面到歷史，從瓜到中國，最後更深一層推展到製作瓜的那雙手，使白玉苦瓜成為不朽，既是實質上的不朽，也是精神意義上的不朽，此詩的結構嚴謹，段落分明，層次清楚，是詩人代表作之一，也是極具藝術價值的作品。

延 伸 閱 讀

◎ 洛夫〈午夜削梨〉

◎ 鄭愁予〈邊界酒店〉

◎ 魯蛟〈清・翠玉白菜〉

習 作 與 問 題

一、詠物詩常常是以「物」為出發點，在詠物之際抒寫作者的
　　情感，因此，表面上是詠物，實際是寫情。根據以上說
　　法，請以「書包」為題，寫故友之情。

二、請以周遭生活中的事物之一，例如一只碗、一支鉛筆、戒
　　指、項鍊、鉛筆盒、背包……等，任選一個對你有意義的
　　事物，討論或思考你對它的情感，自行訂題，書寫詠物詩
　　一首。

天涯我獨行

羅門〈流浪人〉的孤獨情懷

羅門（1928.11.12－），本名韓仁存，廣東文昌縣人。一九四八年入空軍幼校，一九五〇年因踢球腿傷而放棄飛行，後轉入民航局工作，一九七六年退休，專事創作。

一九五四年首度於《現代詩》上發表第一首詩〈加力布露斯〉，第二年與女詩人蓉子結婚，自此，致力於現代詩創作，獲獎無數。一九五八年，出版《曙光》詩集，獲「藍星詩獎」及詩聯會獎，一九六六年以〈麥堅利堡〉一詩獲菲律賓總統金牌獎，一九七二年獲巴西哲學院榮譽博士學位，一九八六年獲世界藝術文化學院榮譽博士學位，一九八八年詩集《整個世界停止呼吸在起跑線上》獲時報文學獎新詩推薦獎，一九九一年獲中山文藝獎。羅門自一九五八年出版詩集《曙光》開始，之後有《第九日的底流》、《死亡之塔》，一九七五年出版《羅門自選集》、《曠野》、《羅門詩選》、《整個世界停止在起跑線上》，到一九九三年《誰能買下這條天地線》，一九九五年時，其著作分編成十冊，由文史哲出版的《羅門創作大系》，是為其著作收編最完整者。

羅門擅長都市詩，在詩中以矛盾的、超現實的意象，以及創新的語法展現內心的情感，並且融入個人對事物的看法。羅

門述說自己的詩觀：「去面對與不斷發覺語言的新境域；而且
確信語言的新境域，又將不斷更新詩表現技巧中的手法——諸如
象徵與超現實以及直敘白描等在創作中產生變化與呈現新
態。」[1]羅門的詩利用描繪自然萬物與世間種種，寄予強烈的個
人感受及省思，而其主要方法是運用個人的聯想力及創造力，
以個人獨特的觀照，轉化現實世界中的事物，使萬事萬物都成
為抒發個人情思的工具。於是，讀者在閱讀羅門的詩時，所捕
捉到的是詩人強烈的感受和藉由這感受所蘊涵的內在世界，同
時，讀者在閱讀的過程中也會產生相對應的情緒。就以羅門
〈流浪人〉一詩為例：

> 被海的遼闊整得好累的一條船在港裏
> 他用燈栓自己的影子在咖啡桌的旁邊
> 那是他隨身帶的一條動物
> 除了它　娜娜近得比甚麼都遠
>
> 把酒喝成故鄉的月色
> 空酒瓶望成一座荒島
> 他帶著隨身帶的那條動物
> 朝自己的鞋聲走去
> 一顆星也在很遠很遠裏
> 帶著天空在走

[1] 見羅門《羅門詩選》（台北，洪範書店，1984.）頁 15。

　　明天　當第一扇百葉窗

　　將太陽拉成一把梯子

　　他不知往上走　還是往下走

一、句型變化與修辭技巧

　　此詩一開始就以倒裝句和被動句來呈現內心的混亂：「被海的遼闊整得好累的一條船在港裏／他用燈拴自己的影子在咖啡桌的旁邊」。這兩個句子將地點放在最後面補充說明（「……在港裏」），使用的是西式的語法，一般在中文的使用上則會說「在港裏有……」，將第一句以原式出之，為「在港裏有一條被海的遼闊整得好累的船」，被動式意味著流浪者的身不由己，被環境逼迫的無奈。

　　詩人擅長將物與人的特質混淆，再重新給予新的詮釋，當人與物的界限消融時，作者便可以重新對人與物做適當的安排，為自己的詩作服務，成為詩人運作的題材，表現在詩作上則是「轉化」修辭法的運用，此詩的第一行與第二行即是。第二句的「他用燈拴自己的影子在咖啡桌的旁邊」，而用燈拴住影子，虛實的互換也是「轉化」修辭法之一種表現方式。如第一行的寫法就可以移情於物，以自身情感投注於船，也就是將自己身為流浪人的疲憊傾注於船，而將船的來往視為奔波不止，究其因則是海過於遼闊，使得船沒有什麼時間和機會可以休息；同樣的，自己的影子也需要休息，自己平日的奔波像牛像馬，像動物一般沒有喘息的機會，所以，感到連影子都需要

休息，而且需要被「栓」起來，並以一個象徵悠閒的「咖啡桌」來求得片刻的鬆弛。「除了它　娜娜近得比甚麼都遠」是「矛盾」修辭法。矛盾其實就是「反襯」修辭，也就是對於同一個事物以相反相對的語詞進行形容，利用矛盾修辭法可以展現事物存在的矛盾特性，也可以使詩意具有趣味性，並可以呈現個人情感上的矛盾狀態，而在此詩中，流浪者的悲哀與孤獨在矛盾中表現地更加明顯。

第二段的「把酒喝成故鄉的月色／空酒瓶望成一座荒島」，現代詩中常有「把……成……」的句型，例如「把小提琴拉成一下午」，其實是比喻法的變型，也是密度很高的語句。（因為詩本身就是「凝煉的語言」，或稱「高密度的語言」）因為喝酒而引起對故鄉的愁思，而對故鄉的愁思則又藉著望月之時遙遙寄予，於是，月亮做為鄉愁的傾注之處，也是飲酒之時所遙望的對象，飲酒思鄉令人心傷，思鄉望月令人心酸，飲酒望月令人心盪，月亮、酒、鄉愁，種種情思和文句全聚集在短短的一句之中，像這樣，以最少的文句蘊涵最豐富的意義和情思的技巧就呈現出現代詩「凝煉的語言」的特性。第二句的「空酒瓶望成一座荒島」也是一樣，這是一個比喻法，但密度則沒有第一句來得高，是說酒喝得多了，所堆積的空酒瓶像一座荒島一樣高。

接下來詩句：「他帶著隨身帶的那條動物／朝自己的鞋聲走去」，那條動物是自己的影子，其實就是孤獨的心境；在思維上就是將自己身上物我分離，而讓自己身體的某一部份變成「物」而賦予生命，重新有了動作與感情，因此，他與影子才可

以「朝自己的鞋聲走去」。這在修辭上是「轉化」法，同時，也由於此種物我分離的思維方式造成詩人超現實主義的創作方式。下一句「一顆星也在很遠很遠裏／帶著天空在走」，「星星」會帶著「天空」「在走」，這是擬人法的運用，因為星星和天空都是屬物，不能像人一樣地「走」。相較於第二段第一、二句而言，這兩句密度較低，但是作者運用修辭學上的轉化法，將物的特質相互轉換，並稀釋了整個句子的密度，而以較散的句子為之，此則可以紓解前面句子的緊張，而把心情略為轉換並拉開視野，把愁悶的個人情懷轉移到天地之間，意象的空間加大，留給讀者想像的空間也較大，這也是詩作中「含不盡之意於言外」的一種技法。

第三段還是運用他特有的句型來呈現流浪者的無所歸處的哀嘆。此段主要運用了兩個技巧，其一是比喻法：「將太陽拉成一把梯子」，太陽透過百葉窗射入房間時，陽光被百葉窗的遮擋成為梯子的形狀，以實體的「梯子」比喻虛體的陽光；其二，運用以物擬物形象化的「轉化」修辭法，把虛體的像梯子的陽光，直接視之為實體梯子，於是陽光具有梯子的特質，才能接著問出「他不知往上走　還是往下走」的疑問，此將虛物視之為實體，於是，「梯子」便也象徵人生道路上，往上前進或是向下沉淪的「生命的梯子」，作者便在虛與實之間創造出一個新的世界，並在這一個世界中以現有的意義重新塑造事物的新意涵。

二、意象經營與孤獨情懷

　　一開始，詩人就對於流浪者生活中必然面對的「海」與
「港」給予不同的代表意涵：「海」的意象是廣闊而無盡的，而
「港」則是暫時的休憩之所，溝通兩者的是「船」。一條被海整
得很累的船渴望的是休息，寫船的疲累也是寫人的疲累，也點
出孤獨的流浪人疲累的意象。第二句「他用燈栓自己的影子在
咖啡桌的旁邊」是將自己與自己影子抽離，將「影子」視為獨
立的個體，如同李白的「舉杯邀明月，對影成三人」的詩意，
一方面說出自己的孤獨，一方面影子被栓住的意象也意指著作
者不自由的生活，只要有溫暖，即使如燈般微弱，也可以栓住
他。第三句「那是他隨身帶的一條動物」補充說明了影子常年
與流浪者相依相伴的情景，也映襯出作者無「人」可以相伴，
只好以「動物」為友，而卻連真實的動物都索求不得，只有
「影子」聊以充當「動物」，在層層的退而求其次之下，更顯出
流浪者的孤單與悲哀。所以，第四句的「除了它　娜娜近得比
甚麼都遠」就從動物又點出「人」的部份，「除了它」的
「它」代表影子，也是暗指流浪者的孤獨。從流浪者以動物為伴
之外，他的周圍與之相關的「人」——娜娜，從名字透露出的
訊息中，可想見娜娜可能是一位在港口賣笑的女子，無情感的
交流而只是金錢往來的一位女子，因此，「近得比甚麼都遠」
是矛盾句，說明娜娜的身影笑容雖在眼前，但彼此的心卻相距
遙遠。此又見出流浪者渴求有人相伴以解寂寞，但求不得之
後，更顯出流浪者的寂寞。在第一段中，作者運用創造出流浪

者與娜娜在港口咖啡廳的桌旁的一段情節畫面，並從看似溫暖的場景中愈發突顯孤獨的意象。

第二段則點出「鄉愁」，從對故鄉的懷念以襯托出流浪者的孤獨。「把酒喝成故鄉的月色／空酒瓶望成一座荒島」，這裏提出「故鄉的月色」是把對於故鄉的思念集中在「月色之美」，而懷念故鄉的月色就是懷念故鄉，但是，在詩作上，「故鄉的月色」的意象比「故鄉」更具有詩意，因為月亮的朦朧美將一切不完美遮掩，只剩下流浪者對故鄉的一切美好的想像，因而鄉愁就更加蒙上一層美麗的面紗。而空酒瓶可以堆積如山，詩人用「一座荒島」來比喻，可見酒瓶的意象不是成就感也不是榮耀，「荒島」令人聯想起流浪者無論喝了多少酒，都無法喚起其它人的注意，鄉愁只有自己品嚐。換言之，這也是間接說明流浪者的孤獨。

「他帶著隨身帶的那條動物／朝自己的鞋聲走去」而此一意象所代表的是「行走」的意象。當流浪者的孤獨不被世人理解，同時也得不到解決之道時，流浪者只好繼續往前「走」。此已經點出「走」的方向的伏筆。而「自己的鞋聲」之所以非常響亮而突出，讓流浪者帶著自己的影子（孤獨）「朝」此方向走去，此又突顯出周遭環境的死寂，或者說是冷漠，無人因為流浪者的喝酒而對他付出一點點關心，反而是不理不睬，使得流浪者對於周遭感受最深的竟是「自己的鞋聲」。所以，流浪者不但是孤獨的而且是無奈的，除了自己之外還是自己。

「一顆星也在很遠很遠裏／帶著天空在走」此處一方面描寫流浪者可能因為喝酒喝多了而產生搖晃眼花的情況，使得原

本不動的星星卻會行走，而且帶著天空走；另一方面，是作者
描寫流浪者在行「走」之時，感覺到星空彷彿向後退，而以星
星帶著天空在「走」的意象形容當時的感受。此處再度寫出
「走」的意象，是第二個伏筆，為第三段的「走」的意象先行布
局。

　　第一段描述了因疲累而引起的孤獨感，第二段則是由喝酒
引發鄉愁，從而突顯個人的孤獨，第三段則是前述兩段的總
合。第二段的意象讓情緒告一段落，流浪者因為喝酒而漫步回
家，看到天空的星星倒退著走，詩人將時間截斷，進入第二
天，酒醒之後，要如何處理現實的問題呢？「明天　當第一扇
百葉窗／將太陽拉成一把梯子／他不知往上走　還是往下
走」，無論昨夜如何，當太陽昇起，一切又是新的開始。詩人
利用一個類似的場景做為意象聯想的背景，「百葉窗」與「梯
子」是相似的物象，利用「相似聯想」，將兩者放在一起，產
生新的意義。所以，百葉窗把太陽拉成一把梯子的時候，也就
是太陽透過百葉窗射入房內，流浪者不得不起床面對現實時；
此時，百葉窗是現實的景物呈現，而詩人更高妙的設想是將現
實的實體之物透過比喻，想像成另一個物——梯子，故而又轉
化此物的特質，把太陽穿過百葉窗所投射的虛有的「梯子」想
成可爬可走的實物，於是提出內心的疑問說「他不知往上走
還是往下走」，以一個問號說明流浪者心中對於未來的疑惑，
而將詩意提昇到生命的疑問的哲理問題。

　　相對於第二段而言，第二段是將情緒歸於天地之間，化解
於無形，而第三段則是將筆鋒轉折，回到必須面對的現實問

題，提出一個誰也無法解答的疑問，此一疑問又將讀者帶回到愁悶的情緒，與前述的孤獨感結合在一起，令讀者脫離不了詩人所營造的情緒氛圍，而重新思索生命的問題。此種寫法，是羅門詩中擅長引領讀者情緒的手法，也是詩作之感染人心，令讀者一嘆再三的原因。

三、孤獨情懷的塑造

羅門在此詩中所要表現的是一種孤獨與徬徨的心緒，而對於眼下的一切感到前所未有的孤單，對於未來則是惶惶無助，「不知要往上走還是往下走」的猶疑與徬徨。因此，詩作在許多技巧上是配合這樣的心境。從第一段的孤獨到第二段的孤獨，第一段是由疲累所引起，由心的疲累與身體的疲累寫孤獨；第二段則是因喝酒引發的鄉愁引起個人的孤獨感；第三段則是醒來之時，不知未來如何的疑惑引起的個人的無助而孤單的感覺。此三段雖從不同角度切入，卻都緊扣著「孤獨」的情結述說，最後將孤獨引到一個生命往上爬或是往下走的的問題上。

同時，第三段的「走」的意象與第二段的兩個「走」的意象相呼應，但彼此之間卻有所轉變，第一個「走」的意象是帶著「他帶著隨身帶的那條動物／朝自己的鞋聲走去」，說明流浪者的孤獨是隨身攜帶、如影隨形。而第二個「走」的意象是：「一顆星也在很遠很遠裏／帶著天空在走」天空是外在的景物，當外物也與自己內心的情感同步時，已經物化了外在之

物而情與景相融。一個是自己的「走」，一個是天空的「走」，一近一遠，一為自己一為外在，詩人在詩意的設計上具有變化而不嫌單調，於是，第三個「走」就是內心的變化了，「明天　當第一扇百葉窗／將太陽拉成一把梯子／他不知往上走　還是往下走」，從景入情，再由情景提昇到生命的走向，生命的浮沉，於是將詩境「走」入哲理的思考，讓詩與生命結合，變成詩人主觀的生命疑問。此為羅門將外在之物引到內心世界並且充分表達詩人對於萬事萬物及生命態度的見解。

延 伸 閱 讀

◎　白萩〈流浪者〉
◎　余光中〈江湖上〉

習 作 與 問 題

一、請改寫以下的句子：「遼闊的大海讓我心中感到人類的渺小」寫成簡鍊的詩句，可加上自己的創意、想法，也可運用各式修辭技巧。

二、請以「想去流浪」為題，練習以某種事物寄寓情感，創作詩一首。

三、你覺得「娜娜」是誰？如果不是在港口賣笑的女子，還有哪些可能，請自由發揮想像與創意，可聯想思考，並從你

的假設答案中，回過頭來試著詮釋此詩。例如：假若你的答案是甲，那麼，當娜娜是甲時，整首詩的詩意會變成如何？試著從不同角度玩詩。

龍蛇變化，不可端倪

商禽〈逃亡的天空〉的意象世界

商禽（1930－），本名羅顯烆，又名羅燕、羅硯，曾以羅馬、夏離、壬癸等為筆名。一九五六年加入紀弦創立的「現代派」，後加入創世紀詩社。主要的詩集有《夢或者黎明》（一九六九，後改為《夢或者黎明及其它》，一九八八年出版）、《用腳思想》等。二千年由爾雅出版社出版《商禽世紀詩選》，將其重要詩作以及近年來未結集的作品集為一書。

商禽初寫新詩時，受到法國象徵主義詩人波特萊爾的影響，在意象的擇取上與一般詩人不同，他善用象徵手法，也善於利用聯想，並以某些特殊的意象試圖詮釋對世界的理解，使詩風呈現出詭異荒謬的圖象，而又能直指世人生活的樣貌與生命的本質。商禽詩作以超現實主義的手法，營造出詭譎的想像，此種想像富於瑰麗而奇特的異彩，形成其個人獨特的詩風；並且，以其敏銳之眼和悲憫之心，對萬事萬物的深入探觸，因此形成其詩的變化多端、瑰麗深刻的風貌。

商禽的早期名作〈逃亡的天空〉富於聯想，意象龍蛇變化，如韓愈言張旭之草書一般，「變動猶鬼神，不可端倪」，既拓展了意象變化的輻度，也撩撥了讀者想像的詩心。其詩如下：

　　死者的臉是無人一見的沼澤
　　荒原中的沼澤是部份天空的逃亡
　　遁走的天空是滿溢的玫瑰
　　溢出的玫瑰是不曾降落的雪
　　未降落的雪是脈管中的眼淚
　　升起來的淚是被撥弄的琴弦
　　撥弄中的琴弦是燃燒著的心
　　焚化了的心是沼澤的荒原

對於此詩的理解，可分為幾個方向來說：

一、特殊的形式

　　這首詩的寫法，從頭到尾不過是一個「A 是 B」的句型，而又利用「頂真」修辭法讓彼此得以連接起來，亦即是：A 是 B，B 是 C，C 是 D，D 是 E，E 是 F，F 是 G，G 是 H，H 是 B，而因為 A 是 B，因此，H 其實也就是 A。此詩以循環往復的方式，以同一種句型貫穿全詩，且無一敘述性文句，全以意象的連接為主要創作手法。

　　此詩運用的方法，是以頂真法加上比喻法的句型連接而成。「A 是 B」是暗喻法，下一句則將上一句的喻體成為本體，接續下一個比喻句型。因而，此詩可以排列如下：

　　死者的臉——是—沼澤

沼澤——是——天空

天空——是——玫瑰

玫瑰——是——雪

雪——是——眼淚

淚——是——琴弦

琴弦——是——心

心——是——沼澤

此詩就修辭而言，主要利用了三種修辭法：一是比喻修辭法中的暗喻；二是頂真修辭法。就頂真修辭而言，以語言單位來看，則是利用了「句間頂真」，又名「聯珠格」，前一句的末尾，與下一句開端使用相同的字詞；以頂真形式來看，則是利用了「間隔頂真」，也就是前後句的主詞是相同的，而形容詞卻產生變化。（相對而言，「直接頂真」則如〈桃花源記〉：「復前行，欲窮其林。林盡水源，便得一山，山有小口，彷彿若有光。」例中以「林」和「山」二字分別進行上下句直接相承，語氣連貫，以明快的速度感揭示了發現桃花源的行程。）以頂真修辭的角度觀之，此詩可重新排列如下：

無人一見的沼澤——荒原中的沼澤

部份天空的逃亡——遁走的天空

滿溢的玫瑰——溢出的玫瑰

不曾降落的雪——未降落的雪

脈管中的眼淚——升起來的淚

　　被撥弄的琴弦──撥弄中的琴弦

　　燃燒著的心──焚化了的心

上一句的喻體變成下一句的本體，本體不變而形容詞上卻起了變化，此種意象的些微變化，暗示著時間、空間的變化，於是，每經過一句，就是時空轉移，情感變化，這是意涵轉化的一個重要關鍵。

　　所以，由上列的排列見出作者的創意，沼澤本為「無人一見」，其後則為「荒原」，有特指意味，也可以說是前者有人的意識，後者則純為客觀的敘述；有關天空文句的「逃亡」與「遁走」同義；有關玫瑰文句的「滿溢」與「溢出」同義；而雪的「不曾降落」與「未降落」，則似有區別，前者是從未降落，但是從何時開始算，則未明言，後者則有「尚未」之意，而其時間感亦未言明。有關眼淚究竟是在「脈管中」，還是「升起來」，其中有何差別？一是客觀的敘述，一則是加入感覺的意味。琴弦是「被撥弄」還是「撥弄中」，一為被動，一為主動，其間無甚差別。心的「燃燒」重於過程，其結果就是「焚化了」。其實，作者不過是用了障眼法，將相同或類似的意義放在上一句的喻體與下一句的本體，而以上一句為敘述之意，下一句則直接指出意義的內涵，或者是上一句喻體的時空變化之後的結果；同時，上一句的喻體依是用敘述性的句子，具有動作，下一句的本體則是肯定的句子，是把上一句的敘述動作變成含有限制詞的名詞。實際上，兩者之間的差異並不大，詩人卻在其中變化句式以避免重複性的單調與無聊，同時

也暗示著事物由開始變化，並到確定完成的過程。所以，此詩利用的第三種修辭法是錯綜修辭格的「抽換詞面」，也就是改換意義相同而詞面相異的詞語。

第二句的「荒原中的沼澤」到最後一句則變成為「沼澤的荒原」，意味著意象經過一次又一次的轉換之後，或許是回歸最初的意象，只是看待的角度不同，或是隱含滄海桑田之意，而其中「質」與「量」已經產生變化，不同於最初的荒原中的沼澤了。

二、聯想與意象的開展

此詩建構的主要方法就是聯想法，將意象一個接一個地連接在一起，再經過意象本身發出的意義引導出整首詩的基調。心理學上聯想的理論，是當聯想開始之後，可天南地北地聯想，之後，應可聯想回到原點，也就是說從 A 聯想到 H 之後，可以由 H 聯想回到 A，這是有關於聯想的一個遊戲。

聯想的方式可分為「相似聯想」、「接近聯想」、「相對聯想」三種。「相似聯想」又稱「類似聯想」，是從甲物的性質類別特色的相似性聯想至乙物，例如，蘋果聯想到橘子，以同是水果一類而推想。而「接近聯想」則是以事物之間的關聯性為主，無論是歷史的或是知識的同一個族群的聯想，或是從經驗的時間或空間的接近，例如蘋果聯想到牛頓，牛頓聯想到地心引力，地心引力聯想到宇宙或是科學，這是因為同一個事件或是歷史所關聯而引發的聯想，此為「接近聯想」。「相對聯想」

或稱為「對比聯想」，是以兩種截然不同的事物，以其相互對立而產生的聯想，例如光明想到黑暗，美女想到醜男等。

此詩全然以意象呈現，從一開始的「死者的臉」是「無人一見的沼澤」，此是從死者的臉的灰色、焦黑的感受聯想到沼澤，並且是無人跡的，不見蹤影的，而「無人一見」又直接指向「荒原中的沼澤」，因此，此一沼澤的特質有二，一是「無人一見」的，二是特指「荒原」中的，於是強調「沼澤」的性質與特色，也是說明詩的情感是灰色而暗淡的。而第二個「荒原中的沼澤」聯想到「部份天空的逃亡」，此處以擬人法將天空視之為逃亡者，天空的逃亡也是作者心中想要逃離現實的反映，「部份天空的逃亡」就是下一句的「遁走的天空」，而「遁走的天空」指向「滿溢的玫瑰」，此一意象的聯想較難理解，或許是作者本身個別的特殊的指向。而「滿溢的玫瑰」為轉化法，將一把玫瑰與液體「溢」出的意象聯結在一起，轉化物性。

下一句由「溢出的玫瑰」，聯想到「不曾降落的雪」，可以想像玫瑰花盛放時，花瓣點點似要掉落又尚未掉落之時的樣子；作者聯想到「不曾降落」的雪，可見玫瑰的意象是白色玫瑰，而不是紅色玫瑰。「不曾降落的雪」下一句接的就是「未降落的雪」，指出玫瑰花瓣既不曾掉落，在時間的流逝下，也未掉落。

此雪又聯想到「脈管中的眼淚」，或許是基於雪與淚都是與水有關，或者說，管中之淚不會向外奔流不返，與未曾掉落有類似的性質。下一句「升起來的淚」指出脈管中的眼淚積累

而出，如逐漸高漲而起的眼淚。嚴格說來，此處的聯想有些不合邏輯，或用超現實主義的角度視之，或可解釋眼淚之「升起」；而「升起來的淚」是「被撥弄的琴弦」，可能是作者從淚水汪汪的感覺聯想到聲音，而將此一鏡頭以一個撥弄的琴弦的意象來取代。

下一句「撥弄中的琴弦」是「燃燒著的心」，把具象的意象歸為抽象的心，而且用一個熱烈的意象。如此寫法顯示出此詩從一開始天空的遁逃時，以灰色的意象訴說內心的感受，然後意象逐漸轉變，由未曾降落的雪，滿溢的玫瑰，將畫面漸漸轉為溫暖，到燃燒的心時，已經是紅色而熱烈的畫面，由暗淡到紅燄，此詩的高潮就在倒數第二句。

最後一句說「焚化了的心」很明顯是從前句「心的燃燒」而來，當心已燃燒殆盡時，則心已是「焚化」了的。「焚化之心」將不再是熱烈的心，而是漸由熱轉冷，於是，回歸前述的荒原與沼澤。

「沼澤的荒原」與前「荒原中的沼澤」兩者在經過許多意象轉化之後，由沼澤為主的意象轉變為荒原，由水的意象變成土的意象。而從死者的臉是沼澤，此一沼澤是荒原中的沼澤，也是題目所說的天空的逃亡，最後歸結為沼澤的荒原，作者本希望有所轉機，但是，當心經過種種轉變之後，心已燃燒並焚化，然後成為沼澤中的荒原，可見心變成荒原，本欲改變最後卻失敗了，不但回歸原來的暗淡，同時，心也燃燒成灰燼，再無入世的可能。因而，逃亡的天空是作者心的逃亡，當作者在經過種種反思之後，試圖掙扎，試圖以絢麗的、熱烈的心加強

對人生的希望，最後卻終歸失敗，依然渴求擺開現實的逼迫，逃亡到無人之境。此詩的意象由灰色到紅色，又歸於灰色，可見心情之轉折。

　　此詩的實驗性極強，作者不過運用聯想法，將幾個意象連結起來，可見作者的意圖以及心中所想，是在似清楚又似模糊的意象中，讓讀者想像並捉摸。此一創作方式，使得作者大可不必將內心的想法赤裸裸展露在讀者面前，同時，也製造一個相當大的想像空間，讓讀者探索，換言之，讀者與作者的心靈距離較為遙遠，有時候讀者不易馬上獲知作者的意念與情感。此種寫法，可說是很「險」，因為意象的掌握若再偏一點或是再隱晦一些，就會造成閱讀上的困難，使人難解而視之為過於晦澀的失敗作品。而此種寫法，只可一不可二；首先創此型式者則為創新者，其二以相同方式書寫已流為模仿而無原創的價值。因此，把此詩當成賞玩的對象之一，明瞭有此種作法即可，而不必勉強仿作。

　　此詩是商禽早期的代表作之一，在形式上以實驗性質的創作手法，使此詩具有開創之功，對於此詩，評價不一，呂正惠評此詩為「玄妙難解」，並說此為臺灣現代詩壇的一面[1]，但是，以現代詩的發展之初，詩人以創新而實驗的角度從事創作，其筆法無論成功與否，都留給詩壇一個創作的範式，開拓詩人創作上的某種可能性，也為詩壇的歷史留下一方足跡。

---

[1] 見林明德、李豐楙等編《中國新詩賞析》（三）（台北，長安出版社，1987.）頁108。

延伸閱讀

◎ 管管〈臉〉

◎ 楊喚〈我是忙錄的〉

習作與問題

一、作者利用頂真與聯想創作此詩，一般而言，詩作不宜大量
　　出現同一種句型，此為作者的特殊表現方式，你是否可以
　　避開此一模式，以自己的方式創作出「籃球場上逃走的
　　球」一詩，把你的感情，無論是苦悶的、歡喜的、悲傷的
　　都可以寫下來。想逃避或是想面對都可以成為詩的主題。

二、試以具象之物比喻抽象之情思，例如，喜、怒、哀、樂四
　　種情緒，請各以一物比喻之。

五官的遐想

談商禽的〈五官素描〉一詩

商禽（1930－），本名羅顯烆，生平簡歷見前文。詩的題材取自於生活，來自於生活經驗，所以，詩往往是生活的反映，是語言的美學。詩人的情感與巧思妙意往往自現實生活中觸發，猶如點亮靈感的火花，然後，以詩來燎起燦亮的火炬，照徹昏晦不明的感覺世界。商禽的作品〈五官素描〉就是從最平常的題材中提煉出詩的精巧與創意。

商禽的〈五官素描〉一詩，以最平常的五官做為書寫的對象，利用淺顯而具有巧思的語言描繪詩人眼中、心中的「五官」，今錄其詩如下：

嘴

說什麼好呢

唯

吃是第一義的

歌

偶爾也唱

也曾吻過

不少的
啊──酒瓶

眉

祇有翅翼
而無身軀的鳥

在哭和笑之間
不斷飛翔

鼻

沒有碑碣
雙穴的
墓
梁山伯和祝英台
就葬在這裡

眼

一對相戀的魚
尾巴要四十歲以後才出現

中間隔著一道鼻梁
（有如我和我的家人
中間隔著一條海峽）

這一輩子是無法相見的了
偶爾
也會混在一起
祇是在夢中他們的淚

　　　耳
如果沒有雙手來幫忙
這實在是一種無可奈何的存在

然則請說吧
咒罵或者讚揚
若是有人放屁
臭
是鼻子的事

　　商禽的〈五官素描〉是一個「詩組」，其中包含五首小
詩，分別寫「嘴」、「眉」、「鼻」、「眼」、「耳」臉上的五個感
官。每一個段落就如同一首小詩，不超過十行，最長的〈眼〉
也只有九行（包含段落空行，才有十行）。每首小詩自成體
系，共同組成詩組。

一、〈嘴〉的實用意義

　　對於「嘴」的描述，作者以設問法的「提問」開端，問

「說什麼好呢？」「唯」字特立一行，藉由分行來強調唯一的、僅有的意義。唯有「吃／是第一義的／歌」，這是譬喻法中的「暗喻」。將嘴的「吃」的動作比喻如「歌」一般，這是對嘴巴實用功用的讚美。藉著「歌」字引出「嘴」的第二種功能：唱歌。因此，「歌」能另立一行就有了目的性，不但是前一句的「喻體」，形容嘴的「吃」的功用如同「歌」，同時，嘴也偶爾真正地唱「歌」，「歌」也就成了下一句「偶爾也唱」的受詞，只是為了強調起見，也為了與上一個功能而合用「歌」字，所以，將「歌」字置於兩個功能之間，獨立一行。

　　而嘴的第三個功用是「吻」：用嘴來「吻」的動作，吻過的不少酒瓶強調了嘴接觸瓶口時的形貌。下一句的「啊」字用在「酒瓶」之前，一方面突顯出喝酒的人打嗝的酒醉模樣，另一方面也讓語句有所停頓，造成節奏上的變化與起伏，更重要的是利用觀者原以為是男歡女愛的唇瓣接觸，一轉，卻變成酒瓶的喝酒意象，造成觀者莞爾之餘同時又能佩服作者瀟灑的豪情。

　　作者寫「嘴」，採用的方式是以嘴的功用為其主要發展的意象，如說話、吃、唱歌、喝酒。而其情緒由「吻酒瓶」結束，透露出作者的情感並不是快樂的，而是傾向於以酒來澆愁、或是借酒來抒發情緒，因此，把「嘴」本具有的實用功能，歸於情感，於是，將詩的意義提昇到作者情感的境界，而不僅是純粹的對於「嘴」的描摹而已。

二、〈眉〉的飛翔意象

這首短詩很具創意，作者擷取眉的形狀如同展翅的鳥做為立意的開端。因此，第一段說「祇有翅翼／而無身軀的鳥」，是在寫「眉」的形狀。利用譬喻法中的「借喻」，將「眉」想像成如同「無身軀的鳥」。

下一段是由第一段的「鳥」的「喻體」發展來的。鳥飛翔的意象與眉毛上下擺動，兩者相似的動作，使作者進行聯想，將兩者聯結在一起，寫出「不斷飛翔」的句子，但是主題是「眉」而不是「鳥」。因此，就眉而言，是「在哭和笑之間」的上下飛翔。

哭與笑是全然不同的表情與情緒，眉毛隨著不同的情緒而有所起伏，由眉毛的起伏也連帶想到臉部表情的起伏以及心情的起伏。因此，眉毛的起伏與情緒的起伏連接起相同的喜怒哀樂。於是，詩便不純然詠物，而能由物入於情了。

三、〈鼻〉的愛情聯想

這首詩將「鼻」子想像成「墓」，鼻子的兩個黑洞如同「沒有碑碣／雙穴的／墓」。這是譬喻法中的「借喻」。「喻體」是「墓」。其實，因形態的類似而引起的比喻實際上也是聯想作用而來，此是性質相似的「相似聯想」。接下來筆鋒一轉，提到「梁山伯和祝英台／就葬在這裏」，這是從「墓」雙穴的聯想而來，因而有「葬」的動作。

　　傳說中，梁山伯和祝英台是一段淒美的愛情故事，在他們浪漫而短暫的愛情中，眼淚是悲悽的影子，隨時隨地伴隨著愛情而發生，當一個人一把眼淚一把鼻涕的時候，「鼻」子就成為重要的感官。因此，鼻子的樣子不但像是沒有碑碣的墓一般，同時，也是愛情的見證，這是將人文的部份結合物的功用，因而將詩意擴展到人與愛情的範疇。

四、〈眼〉的魚意象

　　這首詩從眼的紋路開始想像，讓女性害怕見到的魚尾紋在詩裏復活，重新賦予這兩尾魚新的定義與生命。

　　首先，詩人形容眼睛的尾巴，如同「**一對相戀的魚／尾巴要四十歲以後才出現**」。將眼「借喻」為「魚」，「魚」即為此詩的「喻體」；而「相戀」與「四十歲以後才出現」之語都是擬物為人，用來形容魚尾紋的特質。

　　接下來轉到人情之上，「**中間隔著一道鼻梁**」是具體的形容，形容兩尾魚（就是眼）所處的位置。然後用標點符號的括號加以補充說明：「**（有如我和我家人／中間隔著一條海峽）**」，運用兩尾不得相見的魚之特性，類比於我和我隔著一道海峽的家人，是「譬喻」的寫法，將詩意轉入個人對家人及家鄉的想念。於是，接下來就說「**這一輩子是無法相見的了**」，既是詩人內心的感懷，同時，符合於眼睛一輩子不可能碰觸在一起的具體的特質。由具體物的特質比擬於情感的特質，這一方面運用類比思維，另一方面也使具體與抽象、物質與情感在某種相

似雷同的特質上聯結起來，產生新的價值與意義。

然而，詩人再度轉折，「*偶爾／也會混在一起／祇是在夢中他們的淚*」，將不可能的化為可能，而可能發生的時刻就是在夢中，淚是媒介。將現實的場景拋入虛無的夢境中，不但說明相見的不可能，也說明自己在夢中數度夢見自己的家人，那種渴望相見而不得見的情感溢於言表。這種情感的抒發借由不相見的左眼與右眼，以及相戀卻無法相聚的魚的情感表達，寫出作者內心的盼望並且借此恰到好處地寫出作者對於「眼」的感受。

五、〈耳〉的突發奇想

這一段所描寫的「耳」，從一個假設的立場出發。因為這是最後一首短詩，作者亟欲跳脫前面一開始便由譬喻入詩的手法。因此在寫作上必然有些變化。用假設語句「*如果沒有雙手來幫忙／這實在是一種無可奈何的存在*」，「耳」是不可隨意肌，不能由大腦控制而動作，只能由雙手來令其往前或往後、搓揉或是拉起，這一切「耳」的動作要由雙手執行，更重要的，對於一切外來的聲音，耳朵都只有接受的宿命，沒有拒絕的權利，因而作者一開始便說這是一種「無可奈何的存在」。

所以，第二段說「*然則請說吧／咒罵或者讚揚*」，「說」是嘴的事，「聽」是耳的事，由人咒罵或是讚揚，好聽或是不好聽，都有「耳」在聽著呢！站在耳的立場對其它的人們發出無可奈何的慨歎，無論是「咒罵或是讚揚」，都可說，「耳」在聽

呢。

　　接下來，作者筆鋒一轉，用一個假設語氣：「若是有人放屁／臭／是鼻子的事」，這裏作者並不直接由耳朵進行正面說明，而是以轉換角色的手法，從側面寫耳朵。將書寫的角色跳到「鼻」子，用「比較」的方式，運用「映襯」的筆法，突顯耳與鼻不同的功用。所以說，如果有個「屁」，「臭」是鼻子的事，無關我「耳」的事情。這裏，轉換描述的對象，將他人的功用拿來「映襯」出自己與他人不同的功用，一方面，使詩意有大幅度的轉折，避免重複相同的寫作基調；另一方面，也有突出鮮明意象，使讀者大感意外、突感驚奇的效果。讓讀者看到最後，為著作者所突顯的形象化的意象，禁不住會心一笑，如此便達到作者巧思妙意的創想與構思。

　　現代詩在創作上對於「物」的描摹，有時會以「謎語」的方式為之；也就是說，如果詩的內容語句是「謎題」，那麼，詩的題目就是「謎底」。商禽的〈五官素描〉就是很好的例子。例如說，第一首一開始就「說什麼好呢」已經說明了所描述對象的特質，第二首以鳥的形象來闡述，也讓人可以聯想到「眉」的樣子。但是，在詩的內容中卻未曾提到題目的任何一個字。因此，這種內容與詩題密切相關，相輔相成的寫作模式，如同謎題般猜測的遊戲，也是現代詩的詩人很喜歡運用的方式之一。

　　在教學的設計上，可以利用這種模式將詩題隱藏起來，讓學生單純就詩的內容來猜測題目，把內容當成是「謎題」，把

詩題當做是「謎底」。或是只有「詩題」，讓學生自由想像詩的
內容，自由提出與詩題相關的特質。這樣的遊戲，一方面可以
考驗詩人寫作的功力，檢驗這首詩是否切題；另一方面可以考
考學生的想像力。利用詩的形式進行遊戲，可以讓學生增加對
於詩的理解以及增進課堂上的趣味性。

延伸閱讀

◎　白萩〈雁〉
◎　羅門〈窗〉

習作與問題

一、請以「燈」為詩題，練習書寫十行以內的小詩一首，但文
　　字中不可以提到「燈」字。
二、以「我」為主題。先找出「我」的特徵，再依此特徵書寫
　　小詩一首。例如：我的特徵是「大鼻子」，接著以「大鼻
　　子」為題，寫詩一首。

瞻望歲月的容顏

商禽散文詩〈長頸鹿〉的意涵

詩人嘗試不同的形式或技巧，主要目的皆在於表達個人的思想情感，詩在形式上有分行詩、圖象詩、散文詩等形式，視詩人的情意內容而擇其創作形式。在創作技巧上，有的詩人為了更貼切地表達，於是，超現實主義的寫作技巧成為其中一種方式。商禽[1]的「散文詩」常運用的就是以散文的形式，超現實的寫作方式以表現詩人對於世界萬物的看法，或者諷刺現代社會病態的現象，或者寫出內心的苦悶……等。本文即針對商禽的散文詩作一分析，並述及散文詩的寫作特色。

商禽詩以詭譎的想像見長，並喜用超現實主義的手法，形成其瑰麗而奇特的意象，並且以其對萬事萬物的敏銳觀察，悲憫之心，形成其詩的變化多端、瑰麗深刻的詩風。〈長頸鹿〉一詩是商禽早期的作品，是一首典型的「散文詩」，也是運用超現實手法而寫作的「超現實詩」。以下為詩作內容：

> 那個年輕的獄卒發覺囚犯們每次體格檢查時身長的逐月增加都是在脖子之後，他報告典獄長說：「長官，窗子太高了！」而他得到的回答卻是：「不，他們瞻望歲

---

[1] 詩人商禽的生平見前文。

月。」

　　仁慈的青年獄卒，不識歲月的容顏，不知歲月的籍貫，不明歲月的行蹤；乃夜夜往動物園中，到長頸鹿欄下，去逡巡，去守候。

一、何謂「散文詩」

　　現代詩最常見的形式，是以分行為主的「分行詩」。此外，還有一種「散文詩」，是以散文的形式，卻具有詩的意境與內涵，從形式上看像是散文，實質內容上卻是分段而不分行的詩，這就是散文詩。主要的辨別因素是散文詩具有「詩質」，也就是具有詩的含蓄、影射、象徵、意象等特質，而與散文的直述、明白、敘事的語言特質有所區別。

　　同時，散文詩善於運用超現實主義的手法，讓詩意更具有含蘊其中的效果。洛夫稱散文詩的效果說：

　　不僅產生於它的戲劇結構，同時也歸功於超現實手法的運用。我所謂的『超現實手法』，是暗合中國傳統詩學的；不論李商隱的無理而妙，或蘇東坡的反常合道，或司空圖的超以象外，得其圜中，或嚴羽的羚羊掛角，無跡可尋，都在追求詩中那種既超乎現實形象之外，而又在我們情理之中的藝術效果，前文所謂的『變形』和

『物我交感』兩種方式，也無非旨在達成此一藝術效果。²

至於所謂「物我交感」的方式，洛夫自己說：散文詩中的「物我交感」，「其作用在強調『我』與『物』的關係的換位，並表達二者關係調整後所生的新意」³。可見散文詩常常以寫「物」而實際上卻是寫「我」的方式表現出來，而此「物」常常利用扭曲現實的實際狀況，以更為誇大、更強烈的表現方式出現，以激起讀者某種情愫，讓讀者在強化的意象之中，去「領悟」或「感悟」到作者所表達的觀點或情感。於是，表面上似乎是建立在形式邏輯的基礎上，給人推理的假象，實際上卻是超乎邏輯、違反邏輯的，雖然如此，詩作的表達是一個完整的有機體，而讀者也可以體會作者所要表達的思想及哲理。

所以，閱讀散文詩的技巧就是不能全然使用合乎邏輯系統的思考模式來衡量每一個事物或意象，否則會在散文詩中找到許多矛盾與非事實的部份，而陷入閱讀的迷思。反而要憑著「感覺」，釋放自己的感覺細胞，以感覺去感覺詩人的感覺，有時，表面上的內容是荒謬而不合理的，但是要理解的卻是荒謬的背面，詩人要表達的「理」或「情」，取其「詩理」及「詩情」，拋棄文字表象形式，得魚而忘筌，得意而忘言，如此才能在詩的邏輯之外，找到直覺或感受到詩人所要表達的真正內容。

---

² 見洛夫〈蘇紹連散文詩中的驚心效果〉，於蘇紹連《驚心散文詩》序（台北，爾雅出版社，1990.）頁 7-9。

³ 同上註。

二、詩的意象與修辭技巧

　　這首詩的題目是「長頸鹿」，以長頸鹿的脖子很長來比擬囚犯伸長脖子「瞻望」歲月的情景。這是以比喻法形成詩的主要結構，然後，利用長頸鹿脖子很長的特點，強化了囚犯的脖子似乎也像長頸鹿一樣長，借由誇飾法，誇大「長」頸。詩中意象為：「那個年輕的獄卒發覺囚犯們每次體格檢查時身長的逐月增加都是在脖子之後」，這是超現實的手法，因為，囚犯的身長不可能在脖子之後增長，但是，卻是以詩人的「感覺」為主要的表現手法。換言之，當我們在等待的時候，無論等車或是等人，企盼之情化為動態的拉長脖子的意象，這時，拉長了脖子的人們不就像是一隻隻長頸鹿一般嗎？而囚犯們被關在牢中，對於等待的滋味更是較一般常人為甚，他們瞻望歲月、盼望出獄的日子來臨的心情，更甚於一般等車等人的心情，於是，詩的意象就轉化成「身長的逐月增加都是在脖子之後」，詩人用體格檢查的意象來轉化等待時拉長脖子的樣子，檢查的結果是確切的數字，而結果是身長在脖子之後增加，這種訴諸於準確而科學的動作，卻歸諸於不可能發生的結果，一方面強化意象的荒謬性，另一方面也說明超現實的手法是感覺重於事實的。

　　年輕的獄卒不能明白囚犯的情感，於是報告典獄長說是：「長官，窗子太高了！」而他得到的回答卻是：「不，他們瞻望歲月。」年輕的獄卒想的很簡單，以為是「窗子太高」才導致囚犯的脖子變長，而年老典獄長則是一語道破：「不，他們瞻

望歲月。」把囚犯脖子拉長的原因直接說出是「瞻望」歲月。
這就產生虛實之間的變化。「歲月」本是無聲無息的過去，並
不是可見可摸得到的真實物品，只能感受而不能目視，但是，
拉長脖子是一個意象，作者創造的是一個不可能發生的超現實
意象，而此一意象（動作）所指涉的方向卻是用有意識而具體
的視覺意象——「瞻望」去目視一個不可能被目視的對象——歲
月，於是，在虛虛實實之間，又是作者超現實手法的運用之
一。話說回來，瞻望的是不可瞻望的東西，其間產生的矛盾一
方面使得詩產生極大的張力，另一方面更借由虛實的變化，充
份寫出內心急切盼望的心境。

　　第二段用了三個排比兼類疊的修辭法寫出青年獄卒的年少
無知：「不識歲月的容顏，不知歲月的籍貫，不明歲月的行
蹤；」這是加強了歲月的特質。歲月的容顏、歲月的籍貫、歲
月的行蹤都是擬人法，用三個擬人法排比起來，強調「歲月」
本身，此三句在說明青年的獄卒不知道生命的本相、歲月的無
情、歲月的本質。他的「仁慈」只在於想找出囚犯脖子拉長的
原因，卻因為太年輕而不識歲月的本來面目，而始終找不到真
正的原因。所以，「仁慈的青年獄卒，乃夜夜往動物園中，到
長頸鹿欄下，去逡巡，去守候。」獄卒到動物園中無非是想找
出長頸鹿「長頸」的原因，以用來推究囚犯們「長頸」的原
因。但是年輕的獄卒未經歲月的淬煉，不能深刻體會歲月帶給
囚犯們的痛苦的煎熬，所以，獄卒到動物園中去尋覓，到長頸
鹿欄下，去「去逡巡，去守候」，作者以排比加類疊的技巧說
明獄卒在長頸鹿欄下徘徊再三，並不斷思索長頸鹿頸子拉長的

祕密。

第二段暗示著年輕的獄卒想要探索生命意義的動作，於是在徘徊、守候中，思索生命的本質與意涵。第一段與第二段的典獄長與年輕的獄卒正好形成對比，第一段中的典獄長看過太多的囚犯，日日夜夜拉長脖子等待歲月消逝，重獲自由的心情，而此心情實際上也是典獄長暗藏於心中的渴望，但是卻不能明說。而第二段是年輕的獄卒不斷想找出囚犯脖子拉長的原因，說明了年輕的生命正是不斷追索生命價值的時刻，他還不懂的生命的煎熬與苦痛，只是想「尋找」出意義與價值。而聯繫兩者之間的意象就是囚犯們日夜拉長如長頸鹿的脖子。

商禽此詩運用了超現實主義的手法，讓超現實的意象，如身長的增加在脖子之後、瞻望歲月等話語中，呈現出詩人強烈的感受。

三、戲劇性情節

商禽此詩除了超現實意象的手法之外，此首散文詩還運用了小說般的戲劇情節，在語言的使用上非常精簡，達到每一句話都是一個意象，也都是情節。

第一段是超現實的情節，然後加上獄卒與典獄長的對話，對話之中暗藏玄機，兩個對話不但含蓄而且具有暗示性，前述的「窗子太高了」是具體的描述，後者「不，他們瞻望歲月。」是虛筆的描寫，兩者一實一虛，從對比之中，見出年輕的獄卒與年長的典獄長在對事情的判斷上的不同，一個從簡單

的思考中找出原因，一個是經過歲月所磨鍊出來的智慧之語，兩者既具對比的效果，也正好符合說話者的身份。語言的精簡扼要更見出作者裁剪對話內容的功力所在。

第二段則是將焦點放在年輕獄卒的動作上，讓年輕的獄卒在夜夜到動物園去守候的過程中，尋索出長頸鹿頸長的祕密。這一段只有年輕獄卒的動作，運用此一動作呈現出年輕獄卒的心情，而不直說。這段情節的設計是讓動作自行展現意義，也讓讀者在意猶未盡之中含有一點點的遺憾，製造無解的懸疑之感。如此，更形成了詩的「含不盡於言外」的特質。

四、結論

散文詩在形式上較易與散文的形式相混淆，使得讀者無法判斷其為詩或為散文。兩者的基本區別在於，就文字的密度而言，散文詩較散文更為精鍊精簡，絕無多餘的敘述性語言。就意象而言，散文詩較散文更著重於詩意的呈現，也就是缺乏散文直述的特質，卻多了一些含蓄的意象，腦筋必須多轉幾個彎，多思索幾層意義之後，才能看透作者所要表達的情思。就手法而言，大多數的散文詩會採用超現實主義的手法表現詩人的「感覺」，因此，常有不合邏輯的敘述或是跳躍性的意象，讓人感到突兀而一時之間捉摸不到語意，總要多讀幾遍，從其它的段落或是意象中去尋找相關聯的詩意，才能解開詩人的創作之謎。此為散文詩與散文不同的地方，也是散文詩的特質。

散文是以敘述或敘事為主要特質的文體，在語言上自然是

讓人一目了然，或者是順其事情發生的次序依序述說，此與散文詩所可能的含蓄、跳躍、不合邏輯的敘述方式自然有所區別。當然，如果創作者在詩、散文、小說各式文體的混合上表達其創作意涵，使得讀者在文體的辨識上產生混淆，此則可視為特例，有待理論研究者的討論與判斷了。

延 伸 閱 讀

同類型詩作——散文詩

◎ 徐志摩〈常州天寧寺聞禮懺聲〉

◎ 蘇紹連〈獸〉、〈七尺布〉

◎ 商禽〈滅火機〉、〈鴿子〉

習 作 與 問 題

一、請把「散文詩」的定義及內容再復習一次。

二、練習寫散文詩一首，以「曇花」為題，寫時間匆匆。完成之後，請與同學或是老師討論你的散文詩中使用的是那一種意象。

生命的悲歌

瘂弦〈乞丐〉一詩的人物相

　　瘂弦（1932－）本名王慶麟，河南省南陽縣人。政工幹校影劇系畢業，美國威斯康辛大學碩士。曾主編《創世紀》、《幼師文藝》、《聯合報副刊》等，曾任聯合報副總編輯、聯合文學社長等。退休後曾任成功大學駐校詩人、東華大學客座教授，現旅居加拿大。詩集《深淵》，被選為臺灣經典之一，詩作集編為《瘂弦詩集》八卷。

　　瘂弦的〈乞丐〉一詩選自《瘂弦詩集》，這首詩的特色在於借用民間小調的形式，以迴環複沓的句型，呈現似歌詠似唱誦的效果，內容則是描述小人物生命的無奈。這種寫作的方式較一般純粹描寫人物的詩作，更具有音樂的效果，唱誦之餘，更引發讀者一唱三嘆之情。作者採用曲子形式的寫作策略，有幾個特色：一，合乎乞丐乞討的生活形態。因為乞丐以乞討維生，在乞討之時，便唱誦小曲兒，這個小曲兒，作者在詩中直說其名為「蓮花落」。曲子的內容多半述說自己可憐的遭遇，以博取眾人的同情，同時也以說唱的趣味性，討得眾人的歡欣，而獲取微薄的金錢或食物。二，此詩雖然採用重複的句子以造成節奏感之外，作者以新詩的寫作形式，便不需局限在填詞作曲的格式，而能以新詩的自由性特色，增加新的內容並表

達作者的情意，於是，將新的形式與內容融合舊的曲調與舊的人物故事，這是作者有意融合古今的獨創之處。

一、乞丐的未來

　　這首詩是以人物為描述對象，因此，在段與段之間便有相當程度的連繫性。第一段描述乞丐沒有把握、毫無希望的未來：

　　　　不知道春天來了以後將怎樣
　　　　雪將怎樣
　　　　知更鳥和狗子們，春天來了以後
　　　　以後將怎樣

此段以「……（以後）將怎樣」的三個相同句型組成，將「春天來了以後」的時間因素放入詩中，詢問未來將如何，以設問法表現對未來的茫然感。因此，第一段的設計是利用時間因素把人事物拉離當下的時空，設想其在時間轉變下事物的種種可能改變。

　　經歷冬天之後，春天來了，雪會如何？會融解；知更鳥呢？依然會在初更時啼叫；狗子們呢？狗子是陪著我的好友，即使不依賴乞丐維生，自己也有本領四處尋找食物。這三件事物中，雪會隨著季節而產生變化，知更鳥是夜晚來臨時才會啼叫，狗謀生的能力很強，而我的命運呢？謀生是這麼困難，命

運也不因季節的轉換而轉變，即使春天到了，又怎樣呢？究竟
是更好更壞還是維持原狀，誰也不知，對比之下，更顯出狗子
們與我前途茫茫的悲哀。因為狗子與乞丐的未來是不確定的，
所以，在時間的使用上，第一句有「春天來了以後」，第三句
又重複「春天來了以後」，只是第三句重複一個「以後」，同時
又將「以後將怎樣」提到另一行，有強調的意味，並在語氣上
產生懷疑、不安的口氣。如果把這個「將怎樣？」解釋成「又
怎樣？」不更突顯其無可扭轉命運的無奈感？在此，第一段只
引領出整首詩的意旨，而未做評斷，我們看到詩的最後一段
時，雖重複出現與第一段相呼應的句子，卻把「將怎樣」改為
「又怎樣」作結，說明作者對於命運的強烈質疑，也說明乞丐
的不平與苦痛。作者故意使用問句的變化，造成第一段與最後
一段相呼應的效果。

二、乞丐的生活

第二段描述的是乞丐的生活沒有改變，沒有新意，藉由這
種描述突顯出乞丐與一般人不同的特殊面貌。其詩為：

依舊是關帝廟
依舊是洗了的襪子晒在偃月刀上
依舊是小調兒那個唱，蓮花兒那個落
酸棗樹，酸棗樹
大家的太陽照著，照著

酸棗那個樹

此段詩可分為兩個部份來看。第一部分是前三句,以相同的
「排比」加「類疊」的句型「依舊是……」為主體,後面則運
用三個不同的意象,藉以說明乞丐的特殊生活。第二部分則是
「酸棗樹,酸棗樹/大家的太陽照著,照著/酸棗那個樹」以
小曲的說唱形式說明景物的「依舊」。

　　第一部份的「依舊是……」三個句子,分別從過去的、現
代的景物著手描寫,並且從中暗喻著未來「依舊是」如此的可
能。第一句的依舊是「關帝廟」,從過去、現代到未來,關帝
廟是乞丐平日聚集或是討乞的場所,也可能是乞丐們終其一身
脫不開的空間牢籠。第二句的依舊是「洗了的襪子晒在偃月
刀」,「襪子」是平常的生活事物,而且是污穢的、不堪提起之
物,但關公「偃月刀」卻是關帝廟裏主神手中的神聖之物,可
是乞丐不管這些,洗好的襪子順手就曬在刀上了。在極受到尊
崇的神明之物上卻被隨隨意意擺放襪子,兩者突兀而不搭調的
組合,不但造成反諷的效果,同時也說明在乞丐的心中,神明
的威力比不上現實生活的重要,在乞丐的心中,管他是誰,要
拜佛祖,先顧肚子。

　　作者隨手取景,說明乞丐們隨手將身邊的事物拿來做為日
常生活使用,此種態度,可見乞丐們以現實擺第一,神明放一
邊的價值觀。前兩句都是視覺意象,第三句「小調兒那個唱,
蓮花兒那個落」,則以聽覺入手。重複兩個「那個」。「那個」
是無意義的,只是增加聲調上的節奏感,讓聽者增加注意力,

並產生節奏上的韻律感。同時,這一句形容乞丐乞討時,一邊唱著小曲兒,一面乞討,而乞丐的小曲兒就是「蓮花落」。所以,在關帝廟前,乞丐過著不變的生活,依舊在唱著小曲兒,依舊在乞討。過去如此,未來也可能如此。

第二部份是從前一句乞丐唱小曲延伸而來,這三句話就是小曲的內容,乞丐以蓮花落的曲調唱著「酸棗樹,酸棗樹/大家的太陽照著,照著/酸棗那個樹」。「酸棗樹」代表的是苦命的人,也就是乞丐自己,或象徵乞丐的命運就如同酸棗樹一樣苦澀,只有太陽無私,是屬於大家的,仍然願意照拂著乞丐。而且,由於這是曲子的詞句,因此,在唱的時候會有重複的現象,如「酸棗樹」、「照著」都重複兩次,最後一句「那個」樹,「那個」不是特意指那棵樹,而是無意義的,主要目的是增加音節的節奏感,並配合曲子的曲調。

三、乞丐的遭遇

第三段是描寫乞丐的困境,從乞丐的個人遭遇與生命經驗著墨。其詩如下:

> 而主要的是
> 一個子兒也沒有
> 與乎死蚤般破碎的回憶
> 與乎被大街磨穿了的芒鞋
> 與乎藏在牙齒的城堞中的那些

那些殺戮的慾望

作者直接點出關鍵，主要在於乞丐沒有錢。「一個子兒也沒有」是「婉曲」修辭法。「子兒」就是錢幣，連一個錢幣都沒有，更何況是大筆的錢呢？接著以三個「排比」兼「類疊」的句型，「與乎……」寫出乞丐的三種悲慘情況。由於乞丐「一個子兒也沒有」，用「與乎」二字，說明乞丐不但沒有錢，除此之外，還有其它的痛苦。這些痛苦分別排比成三個句子，用相同的句型來強調痛苦的強度。

「與乎……」下面所接的情況有三種：「死蝨般破碎的回憶」。用「譬喻法」比喻破碎的記憶如死蝨般渺小，說明乞丐過去渺小不堪回首的記憶。「被大街磨穿了的芒鞋」是以鞋子的意象說明乞丐生活困苦，只能穿著芒鞋，經過日子一天天的磨損之後，芒鞋也破了，鞋破了，心也破了，在現實的壓迫下，乞丐的身心遭受生活現實殘酷的折磨。這裏用「被大街磨穿」是「擬人法」，將大街擬人，而大街一方面可以說明實際的情況，也可以象徵現實的大環境一點一滴在折磨著人的身心。

「藏在牙齒的城堞中的那些／那些殺戮的慾望」，「藏在牙齒中的殺戮的慾望」指的就是饑餓、想吃的極度渴望。作者不說想吃東西，而用「殺戮的慾望」表示饑餓的程度非常強，不只是想吃而已，而是已經到了快要失去理性，餓到快要大開殺戒了，這裏有誇飾的作用。而偏偏這個強烈的慾望卻被深深地壓抑，終日討不到食的乞丐縱使有極為強烈的慾望又能如何

呢？因此，這個慾望是被「藏在牙齒的城堞」之後的，作者用一個「譬喻」法的變形，形容牙齒像城堞，將之寫成一個「詞組」，即「牙齒的城堞」。吃的渴求與被緊緊壓抑的動作，兩者之間形成一股強大張力，同時，吃的慾望被「藏」住了，於是「藏」字讓此句充滿「反諷」的意味。另外，這個長句被分隔成兩個短句，並且分行而列，重複「那些」二字，也具有強調的效果。

四、人們眼中的乞丐

第四段是從乞丐與別人的互動中，描寫人們對於乞丐的冷漠及排斥的態度。其詩如下：

> 每扇門對我關著，當夜晚來時
> 人們就開始偏愛他們自己修築的籬笆
> 只有月光，月光沒有籬笆
> 且注滿施捨的牛奶於我破舊的瓦缽，當夜晚
> 夜晚來時

人們對待乞丐的眼光與態度是冷漠的、拒絕的，然而，大自然的月光，卻不分尊貴與卑賤，無私地給予每一個人，這是運用「對比」法，突顯乞丐在人世間所遭受的排擠與漠視。

因此，第一句說「每扇門對我關著，當夜晚來時」，這一段仍不脫唱誦的特質，因此重複「當夜晚來時」一句，並在最

後一句重複「夜晚／夜晚來時」，造成歌唱曲子的節奏及強調的意味。「每扇門對我關著」，「門」象徵著人們與「我」之間的交流，「關著」是對我的拒絕與排斥。而不僅如此，「人們就開始偏愛他們自己修築的籬笆」，特別是到了夜晚，人們的防衛心就更強了，他們愛修築自己的籬笆，「籬笆」象徵人我之間的隔閡，籬笆阻斷交流的可能性。而作者強調這個隔閡是人們「自己」修築而成的，而且是「籬笆」，不是磚牆銅壁，防衛能力的脆弱同時暗諷一般人幸福安定生活的不堪一擊。

　　然而，與人們的冷漠對比，大自然卻是無私的，「只有月光，月光沒有籬笆／且注滿施捨的牛奶於我破舊的瓦缽，當夜晚／夜晚來時」，只有月光，「只有」強調唯一。只有月光沒有關上她的心門，沒有任何圍籬的隔閡，不但如此，還「注滿施捨的牛奶」，因為作者的飢餓一直沒有得到滿足，因此，這裏採用牛奶的食物意象，施捨給飢腸轆轆的乞丐，並因牛奶的顏色符合月光的色澤，這個意象便與題意相合。月光像牛奶，是譬喻法之一，月光「注滿」的動作則是用「擬人法」。「於我破舊的瓦玻缽」是將描述對象放在句前，而將地點放在句後，這是西式的文法，作者在此運用此法，有強調前置物「牛奶」的意味，使主詞更加明確，重點更加突顯。「當夜晚／夜晚來時」這只是運用重複的句子，配合曲子的形式，使之具有節奏感，並強調夜晚到臨時即將發生的狀況。

五、乞丐與達官顯要

　　第五段描寫的角度轉移到達官貴人身上，以對照乞丐的悲哀，並說明兩者之間毫不相干，沒有人會將同情的眼光放在乞丐的身上。

> 　　誰在金幣上鑄上他自己的側面像
> 　　（依呀 荷 ！蓮花那個落）
> 　　誰把朝笏拋在塵埃上
> 　　（依呀 荷 ！小調兒那個唱）
> 　　酸棗樹，酸棗樹
> 　　大家的太陽照著，照著
> 　　酸棗那個樹

第五段可分為兩部分來看，第一個部分是前四句，以疑問的語氣說明達官貴人只顧享福的私心。作者用「反問法」，「誰在金幣上鑄上他自己的側面像」，這是「懸想示現」，在現實中不太可能發生的事情，卻在文學的想像中實現。「金幣」是富有的象徵，富人們數錢時的得意神色昭然若現，然而，這是自私的，金錢與富人生命是緊緊結合在一起，一體兩面，對金錢的執著程度到把自己與錢幣鑄在一起。可見富人只管金錢，不管他人死活的心態。「誰把朝笏拋在塵埃上」，也是運用「懸想示現」，想像朝笏被拋在塵埃上，這「朝笏」是權力與功名的象徵，當有權者將權力及政務拋在一旁，代表當權者只顧自己享

樂，卻不管百姓死活的私心。這是運用想像中的意象來描繪當權者的形象。

中間夾雜兩句（依呀 荷 ！蓮花那個落）、（依呀 荷 ！小調兒那個唱），並用括號標出，括號在這裏的意義為：第一，是說明詩的形式依舊以曲子的唱誦方式進行，同時也說明一切景物、歌曲、官僚、貧富不均……等等，多少年來依舊毫無改變。第二，當富豪之家、達官貴族正自顧自地縱情享樂的「同時」，乞丐卻正唱著象徵乞討的蓮花落，對比之下，乞丐悲苦的命運因此被突顯出來。

第二部分就是「酸棗樹，酸棗樹／大家的太陽照著，照著／酸棗那個樹」，重複第二段唱酸棗樹的曲子兒，再度強調乞丐的命苦。

六、乞丐的命運

第六段是呼應第一段，並加入作者對於乞丐的同情、憤慨與絕望的斷語。其詩為：

> 春天，春天來了以後將怎樣
> 雪，知更鳥和狗子們
> 以及我的棘杖會不會開花
> 開花以後又怎樣

第一段提出一個問題：「不知道春天來了以後將怎樣」，但在第

六段則是直接用重複的句子強調「春天」,「春天來了以後將怎樣」將「雪,知更鳥和狗子們」放在一起,不必再強調,因為作者要問的是關於「我」這個乞丐的未來,因此說「以及我的棘杖會不會開花」,我的春天裏只有「棘杖」,是棘木做成的柺杖,是唯一屬於我(乞丐)的東西,而乞丐要問的是這一根棘杖有沒有可能會開花呢?這當然是不可能的事情。作者運用一個不可能發生的事情的設問,將情緒帶到高點,讓乞丐所僅存的一點點不可能完成的願望,被大聲提出來,造成荒謬而可笑的情緒。當情緒從希望到失望中,一揚一抑之間,彷彿見到乞丐充滿希望的臉龐,瞬間又消逝了光芒。然後,作者在情緒的處理上又一轉折:「開花以後又怎樣」?把原本的情緒又帶入一個無可奈何的深淵。

第一段中只提到「將怎樣」?彷彿對未來還是有一絲希望的,但是在最後一段,作者重複一些事物,並提出一個新的事物,希冀生命中新的轉變,然後,卻反問一句「又怎樣」?即使所有的不可能都成為可能,那麼,又如何?又怎樣?又真的能改善乞丐的命運嗎?誰能扭轉這數千年來乞丐的宿命?於是,「又怎樣」既表達乞丐最終的失望,也是作者心中的憤慨。

七、結構設計與象徵

這首詩在結構上特意運用「對稱」的手法,例如第一段用「設問」法提出一個「將怎樣」的問題,然後在第六段(最後

一段）呼應，反問「又怎樣？」表明無奈的命運。第二段則提出小曲兒「蓮花落」，唱出「酸棗樹」一段曲子，然後於第五段又重複「酸棗樹」的曲子內容，可見這是兩個相對的段落，曲子重複，可說是乞丐在唱曲子時，曲子的頭或尾中起始與終結的一小段音節。並且用括號引出（依呀荷！），也成為曲調歌唱的部份。而第三段與第四段，則是將焦點放在乞丐身上，這二段是作者對於乞丐的命運描述與作者對乞丐充滿同情的感受。因此，第一段與第六段、第二段與第五段、第三段與第四段，在結構上相互對稱、搭配並呼應，這是作者在結構的設計。

此詩運用象徵的手法，處理突顯人物的性格，並且利用句子的重複出現，造成回復循環的節奏感。並在篇章上有著如蝴蝶般對稱的結構，一面唱著小曲兒，一面夾入作者的議論，一面又描述乞丐的生活及心境，一會兒又描寫乞丐與世界的關係，由此拉出一面鏡子，反映漫長的時空中，千百年來人們的冷漠心態與乞丐的乞討宿命。

延伸閱讀

◎ 余光中〈鄉愁四韻〉
◎ 路寒袖〈春天的花蕊〉

習作與問題

一、以詩譜曲，可歌可唱，詩本與歌是同時存在的。在臺灣早
期民歌中，許多民歌是以現代詩為詞，譜上曲子，並在七
十年代的大學校園蔚為風潮，深受學子喜愛。請你去找一
片民歌的 CD，聽歌之後，以同一曲調，試試自己是否可
以改寫歌詞。或許你有創作歌詞的天分！

二、試以生活中的小人物為題材，找到一個可以描寫的對象，
例如賣菜的歐巴桑、清道夫、賣玉蘭花的小姐……等，想
像他們的生活，情感上可悲可喜可樂可嘆，試著以他們的
角度與立場寫一首詩，形式不拘，自由創作。

秋聲依舊自唱

談鄭愁予〈秋聲〉一詩

鄭愁予（1933－），本名鄭文韜，河北寧河縣人。「愁予」的筆名出自於《楚辭・湘夫人》：「帝子降兮北渚，目眇眇兮愁予」。幼年隨軍人父親轉戰大江南北，閱歷豐富，自稱其：「山川文物既入秉異之懷乃成跌盪宛轉之詩篇」。十六歲即出版詩集《草鞋與筏子》，來臺後，持續創作，有詩集《夢土上》、《衣缽》、《窗外的女奴》；一九七四年志文出版社出版《鄭愁予詩選集》、一九七九年洪範書局《鄭愁予詩集Ⅰ》，收集作者一九五一到一九六八年的詩作，將前述之詩集精華收為一編。

一九六五年詩人停筆，一九六八年赴美，於愛荷華大學獲藝術碩士，後執教於耶魯大學。一九七九年之後，詩人再度執筆，陸續出版《燕人行》、《雪的可能》、《刺繡的歌謠》、《寂寞的人坐著看花》等詩集；且有《鄭愁予詩選》、《蒔花剎那》分別於北京及香港等地出版。二○○○年有《鄭愁予詩的自選Ⅰ、Ⅱ》，由北京三聯書店出版，收錄自《夢土上》到《寂寞的人坐著看花》等詩集的精要之作。

鄭愁予之詩，不止於描山繪水，更融合人文思想於一爐，並翻化古典詩詞之境，融以今人浪漫情懷，於詩中構築一個優美而精緻的意象世界。鄭氏詩不僅風靡讀者，並且影響深遠，

已經在中國新詩發展史上留下不可磨滅的地位。

　　鄭愁予的詩以古典抒情的風格給予讀者美的感受，自早期的〈錯誤〉、〈情婦〉、〈殘堡〉等詩，到〈寂寞的人坐著看花〉等，都是讀者傳誦不絕吟詠不已的名篇佳作。本文就從其詩集《寂寞的人坐著看花》中的〈秋聲〉一詩，加以賞析，以見詩人致力於創新的風格表現。〈秋聲〉一詩錄於下：

秋　　聲
——華山輯之三‧登頂一刹

入山　　我是山人

進洞　　便成仙

登頂　　又使我成為

虛無的中間代

天是大虛　　地是大虛

在天地無可捉摸中

捉捉身邊的酒囊　　還鼓

摸摸心　　還溫

除了一番撫摸的感覺

千骸俗骨已在虛無中化去

而散入雲：成為淅瀝的秋聲雨

這有聲的意象

又恰巧是我凡間的

名字

一、詩的動機、主旨與結構

就此詩的創作動機與主旨來看,〈秋聲〉是詩集裏的第八輯「言笑禪」中的其中一首,此輯中所錄,顧名思義,詩的內容與方向皆傾向於對「禪」的體悟與感受。這首詩雖名為〈秋聲〉,但內容亦與「禪思」相關,詩的題目下有一行小字,補充說明此詩的寫作源起:「華山輯之三・登頂一刹」,作者「華山輯」共有三首詩,此為第三首,是詩人因華山起興,在登頂之時感於天地之悠悠而興發對生命及宗教的體悟。詩人面對眼前之人事物景,卻選擇一個平凡的秋聲以訴說不平凡的人生、不平凡的天地;然而,人生無論如何不平凡,當其面對天地的深渺,歷史的悠長之時,終究也僅是一個聲音而已,一個在世間曾有過聲音的名字,如同一陣秋聲,來過之後又消逝於天地之間。

就此詩的結構來看,詩中以山人、仙人、入洞等山人修行的意象作為詩的起始,接著是天與地的對話,而天地之大看似有物,其實無物,在禪思的世界中化為虛無。因而,人的渺小與天地的廣大就形成強烈的對比。並且,也在這種對比之下,作者提出自己的自處之道,對自己下了一個評斷:「秋聲」是作者自己在人世間的名字。自己就如同一陣秋聲,來過之後又消失無蹤,在人世間留下的是一個「有聲的意象」。

二、詩的技巧及修辭

　　就詩的技巧而言，這首詩虛筆與實筆交錯縱橫，且虛筆多於實筆。其詩的思緒要從虛無處著手，去感受詩人在對天地、對修行、對山人的種種虛無之境的想像，以及其對生命價值的自我評斷。在詩的第一段中，已經點出整首詩的行進方向：

　　　　入山　　我是山人
　　　　進洞　　便成仙
　　　　登頂　　又使我成為
　　　　虛無的中間代

「人」在「山」中，即是「仙」字，此為「析字」修辭法。第一句說明入山為山人，進洞，則是更進一步的修煉，才有機會成為「仙人」。作者運用「人」與「山」合而為「仙」的巧妙設計，說明「山人」與「仙」在意義上的關連性，同時也借由中國文字的巧妙安排所造成的修辭方式。作者運用空格造成頓挫的效果，並以「排比」修辭法，連續說明三種不同的境況。「空格」的使用，在現代詩的表現中，一方面可視為標點符號的作用，所以空格的使用具有標點符號表情達意、輔助本文的功用；另一方面則是作者特意安排，在詩句中予以適當的頓挫，使詩的節奏符合作者情境的塑造。在這首詩的安排中，空格的使用，使得空格之前的「入山」、「進洞」、「登頂」與空格之後描述的「我是山人」、「便成仙」、「又使我成為／虛無的中

間代」，兩者有敘述上的因果關係。換言之，空格雖不標明符號的種類，但是在此卻有如破折號或逗號的作用，使得空格之前的簡短兩字在於標出重點，而空格之後則是以補充說明的方式呈現作者的意圖，於是，空格之前的兩個字如果是因，則空格之後的所有動作情節則是其結果的呈現。

「排比」三個對等的句子，使句型在結構上是一致的，但是三個句子裏除了起首的部份皆為兩字的「入山」、「進洞」、「登頂」之外，後面的敘述裏，詩人使用不對等的句型，使數字不一，錯落有致，具有變化文氣的效果。第三句則索性分成兩行：「又使我成為／虛無的中間代」，也是變化句式的設計。於此同時，三個「入山」、「進洞」、「登頂」的動作所引出的三個句子，在意義上也以「層遞」修辭法的方式進行，是層遞中的「遞升」。然而，詩人也埋下伏筆，稱其登頂之後「又使我成為／虛無的中間代」，將向上遞升的氣勢在最後一句中有所轉圜，如勒住了直奔的馬匹，令其在頂峰之上頓時停住了前衝之勢，並讓詩人登頂至最高處的心境，轉入虛無境界的思索。也因此，作者的禪思才得以開展出來，用以接續下段之哲思。

第二段是承接第一段而來，從高處往下望，天地是一片茫然之象，因此說：

天是大虛　　地是大虛
在天地無可捉摸中
捉捉身邊的酒囊　還鼓
摸摸心　還溫

　　　　除了一番撫摸的感覺
　　　　千骸俗骨已在虛無中化去

作者在高處所思索的天地，竟是不可捉摸的：「天是大虛　　地是大虛／在天地無可捉摸中」，天地雖然可見得到卻摸不著，實為有物又似無物，介於有形與無形的弔詭之間，這便成為詩人禪思的來源。

　　因此，當心沉入天地渺茫的思索中時，天地「虛」了，人也「虛」了。此時筆鋒一轉，試圖尋求身邊可捉可摸的實體實物，以確立自己還「存在」的事實，此實為人的自然反應。所以詩人說「捉捉身邊的酒囊　　還鼓／摸摸心　　還溫」，這也是兩個排比的句型，並且加上類疊，這與前段的使用空格與排比的手法如出一轍，但是，這裏將成因的動作在前，結果在後；以「還……」的兩個簡單的短句，並以「排比」加「類疊」的方式，使詩的節奏更具頓挫的效果，而強烈的頓挫同時也加強了肯定的語氣。因此，當詩人在虛無的天地中，確定自己的酒囊尚鼓，心還溫熱，這種當下對於實體的肯定，使讀者的情緒可以得到暫時的紓解。同時，這兩個句子與第一段的三個句型，在形式上本質相同而有所變化，兩者，正好相互呼應，成為一個前呼後應，形式上如同前後括號般相互呼應的寫作效果。

　　而這也是詩人從虛無的天地之中，回到現實中以具體實物所產生的兩個動作；一個是摸摸酒囊，一個是摸摸心。「酒囊」自古以來便與詩人的身份聯想在一起，象徵的是詩人瀟灑

不拘的形象，同時也是代表著詩人對於「詩」的熱愛；而「心」則是詩人自創，用來象徵詩人創作的心力尚未枯竭。因此，詩情還在，詩意尚存，則「我」這個詩人還在人世裏佔有一席之地。顯然，詩人還未全然忘我，融入天地的虛無之中。

而「除了一番撫摸的感覺／千骸俗骨已在虛無中化去」，卻是詩人又從實體中抽拔出來，再度進入禪境的思考，因此，當「心」又被虛無的天地之奧妙所吸引時，除了一番撫摸的感覺，感官的觸覺尚在，但是心中無形的情懷則在虛無中消融了，故說「千骸俗骨已在虛無中化去」。這說明作者從虛無的天地到實體的自我，最後還是不得不承認天地之大，足以融化個人的一切。同時，個人既已融入虛無，也代表著個人接受天地的教化，將精神提到比物質更高的境界，願自己的身心與天地融為一體，一窺宇宙之奧妙。

第三段承接第二段而來：

而散入雲：成為淅瀝的秋聲雨
這有聲的意象
又恰巧是我凡間的
名字

當千骸俗骨已然化於天地間，結果身體如絮，散入雲端。詩人彷彿在散入雲端之後，成雲成雨而落下，就「幻化」成為「淅瀝的秋聲雨」。「秋聲雨」，這是作者自創新詞。既是散化而成為雲則必然雨下，故可解為如秋聲般的雨，雨如秋聲，是「比

喻法」的其中一種。然而，到底是雨還是秋聲？是雨，是如秋聲之雨。而秋聲又是何種聲呢？歐陽修的〈秋聲賦〉中，以種種情狀比擬秋聲，甚至還提出秋聲是為肅殺之聲。因此，秋聲似有而難擬，而雨如秋聲，雨本是有聲的意象，秋聲則是代表淒清的特質，用抽象的「秋聲」以比擬具體有聲的「雨」。同時，詩題為〈秋聲〉而非「雨」，此處便是詩人有意強調「秋聲」的抽象意涵，將「秋聲」的涼意、淒清之意用來形容「雨」的特質。因此，秋聲肅殺、雨或淒清，「秋聲雨」則為肅殺與淒清的交疊互滲，形成蕭索淒涼之甚的感覺。而這場秋聲雨似乎也在暗示作者的肉身化為虛無之後，轉而降落人間的不過是一場淒清的雨。

秋聲如雨，雨在秋天，落入凡間，所以，作者終歸於落入凡塵，還是將登頂成仙的渴望暫時潛藏於內心深處，眼下，仍是在凡塵俗世中，如雨，淅瀝。甘霖灑著大地，而「這有聲的意象／又恰巧是我凡間的／名字」，雨的聲音具有秋的淒清之特質，而這個「有聲」的意象，代表作者自我期許自己在人世間當一個「有聲的意象」，而不是默默無聞地堙埋於天地。因此，結論就是：這個有聲的意象，就是作者自己「凡間的／名字」。這個名字，如雨，雖然不是夏日的滂沱大雨，亦非春日的驚蟄雷雨，卻有如秋聲，一點涼意、一絲淒清、一分成熟，令人舒爽而清涼、穩重而成熟，卻也在生命的秋天中，開始領悟天地之理、生命之義。人生，未到冬天，但已經過去春天與夏天，現在正是作者展現生命中最成熟思考的季節。

三、詩的古典意象

　　首先，登高望遠，興情感懷，這是傳統中國文人常做之事。其中最膾炙人口而為人所熟知的就是唐‧陳子昂的〈登幽州臺歌〉：

　　前不見古人，後不見來者；
　　見天地之悠悠，獨愴然而涕下。

登高之時，望見遠方之極，見天地之大，不由內心有感，懷想過去，古人已逝，僅存歷史，眺望未來，卻前途渺渺，遙不可知。以個人之渺小與天地之大相比，於是，不知不覺獨自愴然而淚流。

　　登高望遠，本會有異於平地之感懷。而今之詩人鄭愁予所寫的〈秋聲〉一詩，其與傳統的登高詩不同的是，題為〈秋聲〉，寫的卻是登華山，望遠處的情懷；而望遠的情懷中，所描述的不是憂國憂民的愁懷悵緒，而是對於入山修煉，登仙的思想的發揮與書寫，這是詩人的特殊之情，也是內容上不落俗套之處。

　　其次，詩人在面對天地悠悠之時，在不可捉摸的虛空中想要捕捉些什麼的時候，詩人所想到的就是「酒囊」。對於「酒」，傳統文人對它有著特殊的情感，「酒」的意象，也成為具有特殊意義的語言符號。例如，魏晉時人將「酒」視為比名利權貴更加令人喜愛的迷人之物；《世說新語‧任誕》中說到

阮籍為了酒而去請求當步兵校尉的事：

> 步兵校尉缺，廚中有貯酒數百斛，阮籍乃求為步兵校
> 尉。

阮籍的才華，可以獲取更高的職位與榮華，但是卻為了「酒」
而去當一個步兵校尉的官，便已滿足。而陶淵明〈歸去來辭
序〉中說：

> 彭澤去家百里，公田之利，足以為酒，故便求之。

與阮籍因酒而求官之意相同。又如劉伶的愛喝酒，《世說新
語・任誕》亦說：

> 劉伶病酒渴甚，從婦求酒。……伶跪而祝曰：「天生劉
> 伶，以酒為名。一飲一斛，五斗解酲，婦人之言，慎不
> 可聽。」

不管酒是否傷身，不顧妻子的反對，愛喝酒的劉伶以酒為名，
以酒為必備之物。又如曹操〈短歌行〉中說：「何以解憂，唯有
杜康。」「酒」不但是文人消憂解愁的良品，也是辭官避禍的
絕佳理由。後來，陶淵明愛喝酒，李白更愛喝酒，張旭狂草流
傳千古，亦是酒的發酵醞釀。文人的愛酒，是一種瀟灑；詩人
的愛酒，是一種浪漫；書家的愛酒，是一種暢情。「酒」拿來

澆愁，拿來解憂，也拿來創作，有酒的地方就有藝術創作產生
的可能，於是，「酒」就成為創作時推波助瀾的力量。

因此，鄭愁予此詩，當其面對天地之時，卻不忘摸摸自己
的「酒囊」是否尚在？「酒囊」還在，表示詩興尚存，則詩人
自詡為一位「詩人」的身份就在此中獲得肯定與認證。

當然，這裏我們也不禁要問，詩人實際登高之時還不忘帶
著「酒囊」嗎？如果真是如此，那麼酒對於詩人的重要性當然
不可言喻，但若不是，只能說，「酒囊」的象徵意味更重更濃
了，以一個古典的，與詩人密切相關的意象作為詩中意象，這
也見出詩人古意今用的意圖所在。

四、詩的思想意涵

此詩的思想內容，詩人將此詩放在「言笑禪」一輯中。本
有將此詩歸諸「禪」的意味。然而，此詩的思想內容卻可從道
家的思想中尋得。道家思想中的《老子》：「人法地，地法天，
天法道，道法自然」，就將「自然」之道列為人與道所共同體
法的對象。而何謂自然呢？自然之真理，自然而然運轉之力，
自然的現象，都是自然。道家的思想中，將天地、自然、道視
之為「虛」，是一個無限廣大、無窮無盡的意涵，故有「太
虛」、「太清」、「太一」之說。《莊子·天運》中說：

> 儻然立於四虛之道，倚於槁梧而吟。目知窮乎所欲見，
> 力屈乎所欲逐，吾既不及已乎！形充空虛，乃至委蛇。

形體立於虛空之中，似是無知之貌，就是道家的絕聖棄智之說，因此，形在四虛中，同時也倚於枯槁的梧桐樹旁而低吟，人的生命既在虛空之中，也在實有之中。這是道家對於生命的體悟，是將人視之為虛空中的一部份，而天地來自於虛空，暫化為實體，形體亦從虛空中來，終將歸於虛空，因此，人死了，不過是回歸天地而已。莊子妻死時，莊子說「人」一開始就是「無」，《莊子・至樂》：

> 察其始而本無生，非徒無生也而本無形，非徒無形也而本無氣。雜乎芒（恍）芴（惚）之間，變而有氣，氣變而有形，形變而有生，今又變而之死，是相與為春秋冬夏四時行也。

人本是無形之氣，由氣變而有形，形體就具有生命，一旦死亡，則又回復於無形之氣，就像春夏秋冬四時運行一般自然。因此，自空無而實有，又自實體變為無形，這本就是莊子看破生死的觀念。因此，既是從天地來，死後也回歸天地，《莊子・列禦寇》中有：

> 莊子將死，弟子欲厚葬之。莊子曰：「吾以天地為棺槨，以日月為連璧，星辰為珠璣，萬物為齎送。」

而《世說新語・任誕》提到劉伶：

劉伶恆縱酒放達，或脫衣裸形在屋中。人見，譏之。伶
曰：「我以天地為棟宇，屋室為褌衣，諸君為何入我褌
中。」

天地與人之間，不是絕然劃分的兩個部份，道家的思想中是將
人歸為天地造化其中之一。因此，人從虛空而轉化成實體，天
地如同人住的屋宇，自然就是人的衣裝。這種觀念，讓中國人
對於天地的看法，不是以一種分析物質的態度面對，而是以整
體的天地，視之為整體的虛空，來時以虛無，化成形體；去時
亦歸自然，歸化虛無。所以，便能將心無限擴充，以一種與天
地同存、與萬物共生的姿態面對天地的無垠。

　　所以，當詩人在山中時，面對廣大的天地，此時，天地彷
彿僅是一片虛空而已，因為這個虛空的感覺太不真實了，太不
可捉摸了，所以詩人要摸摸酒囊、摸摸自己的心，以確實存在
的實體去對治天地虛無的空茫。然而，詩人卻在第二段的最後
一句，將自己交回天地：稱其「千骸俗骨已在虛無中化去」。
顯見在詩人的觀念裏，終究將自己的肉身化為虛無中的一部
份，依然循著道家思想中對於形體的觀念，而認為形體來自虛
空，最後也將回歸虛空，成為天地的一部份。

　　因此，這首詩的思想內涵，說明詩人受到傳統道家思想的
影響，而道家思想中的一部份與禪宗的思想融合，所以，詩人
將此詩的化於天地太虛的觀念，視之為對「禪」的思索，亦無
可厚非。

鄭愁予的詩具有古典的意象與抒情的傳統，由此詩中可以見出，其思想是傳統的，其意象亦然，但如「秋聲雨」則是翻化古意，賦予新意，是詩人創新之處。而且，此詩不但具有登高興情的作用，亦藉此表明己志。此詩從登高成山人的遠離塵世之想，到不忍離棄，依舊在虛空中找尋自己的定位——詩人的身份，最後又落入凡塵，以有聲的意象出現於世，可見詩人的禪思並未朝著解脫塵世的方向進行。其禪思雖有將自己形體化於虛空之想，但同時卻也具有化為凡間、流傳人間之意。

延伸閱讀

◎ 朱湘〈葬我〉
◎ 周夢蝶〈孤峰頂上〉

習作與問題

一、具禪意的詩是不易瞭解的，也很難模仿，只能從文字的氛圍之中體會其中禪意，請你找出周夢蝶的詩作十首，讀過之後，發表讀後心得。（註：可找爾雅出版之《世紀詩選》一書）

二、比較周夢蝶的詩與鄭愁予此詩的不同，任讀者感受，天馬行空，自行發揮。

最美麗的誓言

談敻虹的〈海誓〉一詩

敻虹（1940－），本名胡梅子，臺東人。師範大學藝術系畢業，文化大學文學碩士，東海大學哲學研究所博士班研究。五十七年結婚並出版第一本詩集《金蛹》。婚後擱筆，至民國六十五年自費出版《敻虹詩集》，大地出版社出版。還有詩集《紅珊瑚》（1988 年）、《愛結》（1991 年）等。

敻虹的詩集雖然不多，但是以一位女詩人的身份寫詩，她的細膩與深情卻是諸多男性詩人所難以企及。敻虹擅長以精緻而細膩的情思、清麗而自然的文字、溫柔而婉轉的詩意，書寫很多人寫過卻不容易寫好的情詩，並以此聞名。余光中在敻虹《紅珊瑚》的序中，稱她為：「浪漫為體象徵為用的新古典中堅份子」。從敻虹的詩中，可以看到溫柔浪漫的情懷與情蘊深遠的作品，也可以從中體會她運用意象述說她對愛情的種種情愫。〈海誓〉一詩就是一首精緻優美的短篇情詩，全詩如下：

你的淚，化作潮聲。你把我化入你的淚中
波浪中，你的眼眸跳動著我的青春，我的暮年
那白色的泡沫，告訴發光的貝殼說
你是我小時候的情人，是我少年時代的情人

當我鬢髮如銀，你仍是我深愛著的情人

而我的手心，有你一束華髮，好像你的手
牽著我，走到寒冷的季節，藍色的季節
走到飄雪的古城，到安靜的睡中

當我們太老了
便化為一對翩翩蝴蝶
第一次睜眼，你便看見我，我正破蛹而出
我們生生世世都是最相愛的
這是我小時候聽來的故事

一、舊瓶換新酒

　　自古以來，愛情即為人傳頌不衰，文學創作上以愛情為題材的作品更是層出不窮。因此，對於愛情題材的處理，表面看來是容易的，事實上卻不然，因為作者面對過去以來諸多同類題材的篇章時，必須別出心裁，自創新意，才能突顯出個人特色。因此，在愛情「題材」上想要創新，「立意」與「技巧」這兩方面就成為詩人無法逃脫的課題。

　　詩人夐虹善於書寫動人的情詩，與眾不同的是她對細膩情思的刻劃與安排，以及設想的精妙所形成溫婉動人、扣人心弦的風格特色。「海誓山盟」本不足為奇，此詩的題目「海誓」

亦不見其創意，但是，作者在首行首句就從「淚」出發，海誓山盟本是情人的誓言，是愛情的見證，本不該有淚，所以，「淚」字就如晴日飛霜，是一個令人驚奇的起點，而且直指已經開始的愛情故事，令人好奇。

第一段從「淚」開始，作者娓娓述說，從青春到暮年，隨著時間的流轉，讓時間貫穿彼此交融交歡的愛情故事，而時間的流逝也考驗彼此的情愛。於是，從年少到老年，我依然堅信你是我深愛的人。作者的構思如此，便使得「淚」引發出特殊的意義，為什麼呢？當時間見證了愛情，卻使得作者落「淚」了。這「淚」自然是經歷愛情路上的一切起伏與挫折之後，回歸平淡時，對於過去種種的所有總結。深情的、感動的、不可言喻的心境與心聲在「淚」中化為一切無言的感慨與感動。

第一段以時間為軸，用「我的青春」、「我的暮年」、「小時候的情人」、「少年時代的情人」、「鬢髮如銀」時「深愛的情人」，兩組年少與年老的對比說出時間的歷程實際上是很長的。而在長久的時間因素下，彼此仍然深愛，這就已經點出「誓言」的要義了，而與題目緊緊扣住。

第二段是從細部去描寫情感的深度，在平常的相處中，提煉出你與我之間最為特殊的情感。就作者而言，深愛的對方所給予作者的情感不是轟轟烈烈、乍現乍逝的情感，而是一種手牽著手，安定而溫暖的深情意，「手」引領的可以是愛，是彼此相依相持的深情，也可以是引領自己走向一個不可知的、悲涼的未來。第二段的走向卻是以寒冷的意象來表現。描述我的手中握有你的華髮時，卻好像是「你牽著我」走著，走到「寒

冷的季節」、「藍色的季節」、「飄雪的古城」、最後走到「安靜的睡中」。寒冷、藍色、飄雪都是淒清的景色。

同時，當我們會握著對方的一束華髮時，有幾個可能性，對方或許不在了，或許遠遊了，也或許躺在作者身邊，讓作者握著一束華髮。從文句中看，「華髮」可見對方年紀已老。在這裏，如果將最後的「安靜的睡中」設想成對方已經仙逝，以「安靜的睡」的婉曲方式敘說對方的死亡，則無法解釋前述的主詞「我」，以及如何由「你」帶「我」進入淒清的景色的意象相結合，所以，此段詩句從「你的手牽著我，走到……，到安靜的睡中」，是你牽著我到安靜的睡中，所以睡的人應是「我」而不是「你」。

此段作者的敘述中並沒有明顯地指出到底對方仙逝與否，我們只能從作者使用的淒清的意象推測這不是愉悅的旅程。因此，可以假設對方已逝，徒留一束華髮，當「我」握著一束華髮時，是思念、是悲傷、是淒清的感懷，所以用淒清的意象來表達，但我握此華髮，心中卻有另一種寧靜，彷彿你依然在身邊陪我入眠。

第三段重新立意，對彼此新的期待。「當我們太老了／便化為一對翩翩蝴蝶」，是作者對於愛情的期待，化為蝴蝶是取梁祝化為彩蝶的典故，本無新意，但是，作者卻緊扣著蝴蝶的一個畫面：破蛹而出。使得蝴蝶本是雙雙而飛的意象被打破了，而對蝴蝶象徵的愛情有新的立意。因而說：「第一次睜眼，你便看見我，我正破蛹而出」，似乎你一直在等待著我的重新出現。原來，年老時，生命結束之後，愛情也可以重新再

來，像破蛹而出，重新的新生命，重新的一切，而愛情依然不變。所以作者說「我們生生世世都是最相愛的」。因為生命可以重新再來，而愛情依然是生生世世、永不變心，這又緊扣了「誓言」的主題，不明言誓言而已經有了彼此約定的山盟海誓。

詩作至此，是情節的高潮，也將題旨寓意說明得清楚明白，同時也是情感的高處，讓人迴繞在情愛的漩渦中。而詩作若只盡於此，便只是深細動人的愛情故事，而將詩情止於最高漲的情緒之中。但是，作者卻在最後補上一句：「這是我小時候聽來的故事」，把前述的一切深情與感動歸之「故事」。使得讀者的情緒突然降下，如在山巔突而跳下山谷，猛然從自己深陷的感動之中抽拔出來，用理性控制了所有奔放不羈的情感，避免使情感不致於氾濫而不知節制。同時，這一句話也總結了作者對於山盟海誓般的愛情的看法。作者強調這是「小時候」、「聽來的」、「故事」，小時候與現在相對比，小時候曾經深深感動過，相信過愛情的誓言會被忠誠地遵守，但是，長大以後呢？作者說這是「聽來的故事」，她把愛情的誓言當成是「故事」，而不是「事實」，是「聽來的」，不是自己切身真實的記錄。這句話存在著許多的質疑與反諷。對於愛情的山盟海誓，對於蝴蝶生生世世相守的可能性，作者事實上認為那不過是一個耳聞相傳的「故事」，也只有小女孩時期才可能相信而盼望的一個不可能實現的夢想。

這一句話的存在對於整首詩起著畫龍點睛的效用，其一，作者不用艱澀的形容詞，只是輕描淡寫地說出具千斤巨鼎般的評語，語氣雖輕，所造成的震撼力卻是非常大。其二，作者所

使用的題目「海誓」既不新穎，內容所用的意象與典故也多有
沿襲舊人之處，只是作者在運用的巧妙上隨手扭變原創之意而
自立新意，可說是險招百出。但是，最後這一句卻是推翻了前
述所有的立論，反是以相反的、婉約的方式表達自己不相信
「海誓」。因此，題目的陳舊，其實正是作者要「破」的陳舊。
表面上所說的似乎是贊同的、歌頌的，事實上卻正是作者要反
對的。於是，有什麼題目會比陳舊的「海誓」更適合呢？因為
「海誓」的愛情正是作者要詰問的，要辯駁的。作者不言其意而
自有深意在其中，這也是夐虹的情詩之所以表現出細膩柔婉風
格的手法之一。

二、意象系統與寫作技巧

這整首詩分成三節，以時間貫串意象系統，第一節是少年
到老年的時間意象系統，第二節是老年到死亡的意象系統，第
三節是死亡到重生的意象系統。在這三節時間意象系統之上，
各節搭掛著不同的意象，經緯交織，各自成章，卻又能合成一
氣，不會有意象紛繁雜亂之弊。

這首詩以海誓為述說愛情的起點。作者一開始使用的意象
則是與海有關的事物，共同形成一個完整的意象系統。例如一
開始「淚」的意象化而為「潮聲」、變小而為「波浪」、再變
小而為「白色的泡沫」，和「發光的貝殼」都是與海有關的
「單一意象」，並由這些意象組成完整的「海的意象系統」。因
此，「你的淚，化作潮聲。你把我化入你的淚中」，是在潮聲

之中，你我化為一體，因為過去的所有點點滴滴都在此刻融合為一，不再個別呈現其意義，而是一個整體的回憶。從海的意象中尋出「波浪」的跳動與眼眸的跳動具有同一特質，因此，在此處運用「跳動」將波浪與青春聯結起來，書寫出「**你的眼眸跳動著我的青春，我的暮年**」。同時，眼眸跳動著後接「**我的青春，我的暮年**」，青春與暮年是抽象的概念。所以，這句話是運用轉化的修辭技巧。「**那白色的泡沫，告訴發光的貝殼說**」，「白色的泡沫」指的是海浪所形成的白色水泡，隨著海潮的起伏，一來一往地拍打著岸邊的沙灘以及貝殼，似乎在訴說著什麼，因此，作者運用此一意象，將之擬人化，由白色的泡沫一直向發光的貝殼說話，說什麼呢？就說我們的誓言吧！所以下面接的是「**你是我小時候的情人，是我少年時代的情人／當我鬢髮如銀，你仍是我深愛著的情人**」，以排比的句型一再重申「你」在我心目中的地位。在排比的句型中間，又用了一個「鬢髮如銀」的譬喻法。

在第一節中，作者不用具有情緒色彩的「浪花」，而用中性的語詞：「泡沫」，何以如此？

其實，這和全詩的旨意：「浪漫的愛情是虛幻不實的」有關。用「泡沫」就註定了愛情是隨即消失的，不值得去永遠珍藏的意義；而且，配合第二節的「蝴蝶」，這裡借用梁祝故事，故事是「傳說」的，是有相當大的「虛假」成分在內。更且，人還會像蝴蝶重生，「破蛹而出」，這已是虛懸想像，超出現實。所以，在末行一句洗淨浪漫的緋紅氛圍後，方知前三處的詞句都是與「聽來的故事」相呼相應。

　　第二段將焦點集中在「手」的意象。讓手與牽手的意義相連起來。最後是以安靜的睡中做為結尾，將手握著的溫暖感受，安靜安寧安心地進入夢鄉作結。詩意表達的是手中你的華髮就好像你用手牽著我，讓我感受到安心，所以我才能安穩地進入睡眠。但詩卻不明說，要用詩的意象將此一意念表達時，作者就必須運用意象的經營，以婉約的意象述說這一分溫溫暖暖的深情，如此才不致於流於濫情。於是，作者使用一個假喻，說明你牽著我，走過寒冷、藍色的季節、飄雪的古城的一連串過程，因此，暗示著你的愛情是溫暖的，帶領我走過寒冷。這一段「寒冷的季節」、「藍色的季節」、「飄雪的古城」，三者都是淒清的意象，前面兩個意象是時間的意象，後一個是空間的意象。換言之，無論時空如何轉變，你的愛使我安慰，握著代表你的「髮」也如同你在身邊一般，此情此景，雖有悲涼，但是無憾。

　　第三段以死亡並復活的意象，暗示愛情的生生世世永不止息。「蝴蝶」雙雙飛舞用來象徵情人們的成雙成對，也因梁祝的典故而使得蝴蝶成為堅定的、至死不渝的愛情的象徵。作者此處除了運用蝴蝶所代表的愛情意象之外，也頗有莊周夢蝶的「物化」的意味。人可以化而為蝶，其目的在於重新開始新的生命。所以說「第一次睜眼，你便看見我，我正破蛹而出」，你我因為化為蝴蝶之後，所以才會在破蛹的時刻，重新見到了我。也因為「物化」，所以生命是生生流轉、永不止息的。於是才有「生生世世都是相愛」的結論。最後卻總結一句冷靜的判語：「這是我小時候聽來的故事」，所有的「海」的意象，

所營造出來的「海誓」的可能性完全被推翻。

　　這首詩在技巧上有一個有趣的地方，值得提出。在詩中大量出現一行兩句，甚或一行三句的情形，而且，「你」、「我」的字眼也同時大量出現，何以如此？在第一行中有「你」有「我」，第二行如此、第四、五、六、十一行也都是如此，這是故意將「你」、「我」融合在一行中，好像我倆就在一生中交融成不可分離的泥和水一般；而第九行和第十二的「我們」也透露出這種訊息。至於第三行則暗與末行呼應，另當別論；第七行的「牽著我」，則將「你」暗藏於句中；第十行的「蝴蝶」更有儷影雙雙的意象。直至末行，才真正單提「我」字，而將「你」字徹底拋開，並與詩旨相合。如此安排，不可謂不妙。

三、一個明顯的寫作技巧問題

　　如果依詩的語言來說，詩的語言具有含蓄的特色，但敻虹此詩卻有一個非常明顯的問題，那就是詩中有「太露骨」的文字。這些文字分別出現在第一段與第三段，例如「你是我小時候的情人，是我少年時代的情人／當我鬢髮如銀，你仍是我深愛著的情人」、「我們生生世世都是最相愛的」，詩的語言講究的含蓄的特色在此完全不被作者遵守。是作者不知而犯呢？還是明知而故犯？依本詩結構的妥善安排，立意的新穎超拔，意象的翻陳出新，如此巧妙的技巧，應該可以判斷出作者知道「詩是含蓄的語言」這一本質的。

　　然而，用另一個角度思考，作者如此的寫法帶給我們何種啟發呢？文學創作本來就是活的，是活的生命所創作出來的活的文學，技巧固然重要，創新求變，於舊有的架構中重新創立新的規矩，同時也是文學創作所應具有的彈性。敻虹此詩，運用的是創作技巧上的「險招」。何以故？其一，思路的安排上，在最後一句將前面所述的高潮乍然結束，並且用來反駁前述的一切，因此，海誓是舊有的格式，反對舊有的格式不就是一種新意嗎？其二，句子時有明顯露骨的說明，但是其它的詩句卻是婉約而幽微，兩者相互調和的結果，使得詩句不致於太幽深縹渺、難以掌握，反而時有舒緩、時有強調的節奏感。

　　敻虹詩的句子讀來很美，表面上似乎無法了解為何詩句如此感動人心，並帶來震撼。但仔細揣摹，卻可以發現詩人將技巧與創意都融入詩意詩境之中，讓人無法從詩句雕琢的痕跡中捉出其刻劃著力之處，可說是已將技巧的粗邊磨淨，成為圓渾一體的藝術品了。

延伸閱讀

◎ 陳義芝〈住在衣服裏的女人〉

◎ 席慕蓉〈一棵開花的樹〉

習作與問題

一、情詩深受大眾喜愛，是因為情詩可以喚起人們的情感，讓
情與詩融合，假設你有一位喜歡的人，可是不敢開口，總
是在心中想他（或她），偷偷看他（她），在他回家的路上
等他（她），請你以「暗戀」為主要情懷，自擬題目，習
作詩一首。

傷感的水紋

敻虹的〈水紋〉與愛情

敻虹（1940－），本名胡梅子，臺東人。她以精緻而細膩的情思、清麗而自然的文字、溫柔而婉轉的詩意，以書寫情詩而聞名。敻虹的詩趣中，有溫柔浪漫的情懷，有情蘊深遠的意境，更可以看到她如何運用抒情婉約的意象、以設想奇妙的情意，述說愛情的種種感懷。同樣是寫愛情，〈海誓〉一詩是美麗的愛情故事，而〈水紋〉一詩則是在時間的因素下，對愛情的流逝與感傷中，淡淡描繪出心情的轉變。全詩如下：

> 我忽然想起你
> 但不是劫後的你，萬花盡落的你
>
> 為什麼人潮，如果有方向
> 都是朝著分散的方向
> 為什麼萬燈謝盡，流光流不來你
>
> 稚傻的初日，如一株小草
> 而後綠綠的草原，移轉為荒原
> 草木皆焚：你用萬把剎那的

情火

也許我只該用玻璃雕你
不該用深湛的凝想
也許你早該告訴我
無論何處，無殿堂，也無神像

忽然想起你，但不是此刻的你
已不星華燦發，已不錦繡
不在最美的夢中，最夢的美中

忽然想起
但傷感是微微的了
如遠去的船
船邊的水紋……

　　〈水紋〉一詩寫的是對於愛情的回想，過去的愛情雖已幻滅，但經過時間的淘洗之後，回想過去曾經有過的愛戀，曾經稚嫩如小草的心情，曾經受傷，曾經失去的情愛……等，於今，也僅剩下一點點感傷，如同船邊淡去的水紋，作者運用一個比喻、一個意象來表達，巧妙的設計寫出作者淡淡的哀愁。

一、意象經營與寫作技巧

此詩詩題為〈水紋〉，內容實寫愛情。詩分六段，從第一段到第五段都沒有直說「水紋」的意象，而是在詩末才點出題目所比喻的意義，也就是以船邊微微的「水紋」比喻淡淡的傷感。因此，整首詩的結構安排，是將情感的最高潮，也就是主要的詩意，放在最後一段，在讀到最後一句話時，才恍然了悟詩題所指。

明指詩題的部份雖然放在第六段，但是，前五段的部份，作者在意象的安排上相當巧妙。第一段，一開始作者便直說「我忽然想起你」，「忽然」已有「偶而」的意思，且是不經意的，不加思索的，或是不由自主的，這與一般人對於過往的戀情的偶然想起完全吻合。從「忽然」的動作，思緒瞬間進入過去的時空，並且作者否認了這個「你」是現在的「你」：「但不是劫後的你，萬花盡落的你」，言下之意就是指「過去的你」，是未曾經歷任何災劫、痛苦的你，是平常的你，甚至，是快樂的你，歡笑的你，是在戀情的歡愉時光中與我笑笑鬧鬧的你。雖然在此並未點出，但其意思已然呼之欲出，吞吐搖曳之情溢乎言表，此為婉曲修辭法。

第二段卻不接著述說「你」的情況，反而從一個宏觀的角度慨歎人生的聚散無常，這是插敘。「為什麼人潮，如果有方向／都是朝著分散的方向／為什麼萬燈謝盡，流光流不來你」，這裏的第一句本是「如果有方向」，才能接下句「為什麼人潮／都是朝著分散的方向」，但是，作者如此寫，其效果有

二：其一，為了強調「為什麼」的疑惑，因此將此二句顛倒，既不影響詩意，卻更加強作者的疑問。將所強調的句子置於前面，將次要的句子置於後面，這也合乎新詩安排句式的通則。其二，與下一句的「為什麼萬燈謝盡，流光流不來你」成為兩個排比的問句，強化了問題，也強化了內心的不甘心。這一段所使用的是「水」的意象，前段有「花」的意象，且在末句，所謂「花落水流」，與某種逝去的事物相關，作者或是因為此四字而在第二段以「水」的意象貫穿。

在第二段中，「人潮」有方向，卻是分散的方向；而流光所「流」，也是與「水」相關的意象。而「流光流不來」，第一個「流」字當形容詞，第二個「流」字當成動詞使用，既具有文字重出的效果，也形象化地塑造時光流動的感受。

第一段末尾回憶的對象在第三段中才正式出現。在因為時間流逝而產生的思索中，作者自然而然回想起過去，時間拉回昔日，於是，詩中用小草、草原、荒原的意象變化，說明過去我們的愛情從無知稚嫩，如同一株小草，然後變成綠綠的草原，最後被你萬把剎那的情火焚毀，「草木皆焚」，成為荒原。「如一株小草」此一句前缺一個主詞，其實是作者故意省略，所省略的主詞是「愛情」。作者並不直說彼此的愛情，卻用草的意象比擬愛情的發展；從一株到一片，從一片綠原到一片荒原，而我們的愛情也就在剎那之間從成長到茁壯而後死亡。「萬把剎那的／情火」，「萬把」是以數量的誇飾強調極多，「情火」本是「此情若火」或「像火一般熱烈的愛情」，但在此處卻有「戀情中的一把火」之意，講的是情侶之間的爭吵或是衝

突，如同火一般，燒掉了愛情，也燒掉了美好的嚮往。

第四段時間則是拉回當下，是作者個人對於愛情的反思。當愛情消失之後，作者用冷靜的心省視你我，才發出結論：「也許我只該用玻璃雕你／不該用深湛的凝想／也許你早該告訴我／無論何處，無殿堂，也無神像」。作者並排兩個「也許」的句子，提出自我的反省，而反省的內容則是「只該用玻璃雕你」、「不該用深湛的凝想」、「你早該告訴我／無論何處，無殿堂，也無神像」。玻璃，象徵易碎的愛情，可見作者本來將對方的愛情估算得太高了，經過反省之後，才意識到愛情如同易碎的玻璃，所以「只該用玻璃雕你」意思是說：對於我所思慕嚮往愛戀的你不像黃金那般珍貴，不像銅不像石那般的堅定，卻是像玻璃一樣容易碎裂破滅。而「深湛的凝想」則是說處於戀愛狀態的女子所容易產生的「發呆」現象。所以，作者便發出一種微微的怨嘆，我早該明白，你也應該告訴我，愛情的世界中沒有殿堂也沒有神像，「殿堂」象徵著王子與公主在城堡中過著的幸福安樂的生活，「神像」象徵著愛情的神聖高潔，兩者結合起來，則有希望的、美好的、超離人世般的適意。作者在此用數個意象，表達自己原本期望的與後來卻希望落空的心境起伏。

詩句至此，已隱然說明過去情愛的狀況，但是，作者的思緒又回到眼前，以一句重複的「忽然想起你」喚起此刻心中對「你」的思念，但是又理性的認為所想的不是此刻的你，而是過去的你。而此刻的你「已不星華燦發，已不錦繡」，不再如往日的光采奪人，而「你」對於我而言，也已經不存在了，

「不在最美的夢中，最夢的美中」，此處運用「回文」的修辭技巧說明你早已不是美夢中的情人，而我的夢也不再美麗了。一方面以回文往復的形式蘊含回環往復的情思，另一方面也似乎可以看出作者有意將「美夢」一詞拆開分述，引起對美夢般愛情的質疑。

至此，最後一段，作者擺脫前述的一切，為自己下了一個結論：「忽然想起／但傷感是微微的了／如遠去的船／船邊的水紋……」對於過去的愛情，此刻想起來，只剩下微微的傷感了，而此種傷感，作者用一個比喻，就像是船邊微微散去的水紋，如同內心微微而起的漣漪，隨著時間消逝，水紋會越來越淺，越來越淡，終至消失，而回歸內心的平靜。因此，水紋不只是比喻心中微微的感傷，同時象徵在時間的因素下，傷痛終歸於平靜，愛情也會如船過水無痕一樣，不再留下任何記號。最後「如遠去的船／船邊的水紋……」作者以標點符號的使用，使「……」發揮情意的功能，而具有不間斷的、連續的效果，將感傷之情緩緩地擴張，而符號就表現出彷如水紋漸淡漸遠的圖象效果。

二、內容層次與氣氛營造

要了解此首詩的層次，首先必須明白貫串此詩的是「時間」因素。從「時間」的流貫來看，此詩顯然是在某一日「忽然」想起過去的種種愛戀，所以第一段所說的「我忽然想起你」，而這個你不是此刻的你而是過去的你。詩中一共用了三

次含有「忽然想起」的句子:「我忽然想起你」(第一段)→「忽然想起你」(第五段)→「忽然想起」(第六段)。很明顯地,第一個句子有「我」有「你」,表示我仍深深地眷戀你;到了第二句,只有「你」而沒有我,顯見作者已經從情愛的漩渦中抽拔出來了,只剩下心中淡淡的「你」的影子。最後一段,「忽然想起」,既無「你」也無「我」了,想起的是一個過去的、模糊的愛情故事,只是忽然想起過去有這麼一回事,但一切都已經漸行漸遠了,說明作者此時的心情已隨時間的流逝,從愛情的狂熱中抽離,漸漸淡化而歸於平靜。

其次,作者是用回憶的角度寫過去的情愛,所以,在時間與段落結構的安排上,從第一段的「我忽然想起你」開始敘述,第二段則不直接說明想起的你是何種面目,反而筆鋒一轉,提出兩個「為什麼」的設問,此種思緒的引動,反而吊足了讀者的胃口,讓讀者如墜五里霧中,急欲探知作者想起的「你」到底是怎麼回事,卻又顧左右而言它,故作神秘。第三段才真正說明過去所發生的事情,而用「草」的意象說明愛情的經過。此時,第三段就解答了讀者的疑惑。

第四段的「也許」是事後作者的反省,也是在情感結束之後所產生的愛情的哲思。第五段、第六段回到目前,但是情感的基調不同。第五段「忽然想起你,但不是此刻的你/已不星華燦發,已不錦繡/不在最美的夢中,最夢的美中」,當我再想起你時,我早已不再有期待與美夢,與第一段呼應。不過,此處的忽然憶起,合乎人性本身對於過往感情的突然想起,這是讀者料想得到的。第六段則是情感更淡,更超脫:「忽然想

起／但傷感是微微的了／如遠去的船／船邊的水紋……」顯見作者對於過去的回憶雖然有微微的感傷，但是已經越來越少了。

　　從時間的角度而言，作者從此刻回溯過去，從過去的愛情，一面回想，一面反省，利用理性的反省與哲思的尋求，慢慢將自己狂熱的情感放下，從被「情火」所焚，到剩下淡淡的感傷如水紋。時間因素改變了一個人的心境，理性的反省也讓人的心靈提昇。所以，從現在到過去，從過去到現在，詩的層次分明。過去到現在的心靈轉變，從詩的第一段到最後一段，從熱情逐漸到淡然，這種大而小、強而弱、熱而冷的趨勢走向不就是如同水紋一圈一圈逐漸散去一樣嗎？於此可見，水紋的意象雖然只出現在最後一段，其基調卻是貫穿整首詩，只是前半段隱而不顯，但內在情調與詩題是一致的，因此，讀者讀起來清新自然，找不出破綻，其因在此。

　　其三，這首情詩的主要基調，是從絢爛歸於平淡。對於過去的愛情，如今回想，究竟是對或是錯呢？作者也無法全然把握。因此，詩中用了許多疑問與否定的句子，例如第一段「但不是劫後的你，萬花盡落的你」，是用否定句來說明。第二段兩個「為什麼」。第四段兩個「也許」。第五段的「不是此刻的你」的否定句，兩個「已不」……，「不在」……相反而否定的句子等。這都是作者對自己的質疑，因為愛情本就不是數學，可以一加一等於二，相反地，愛情正是存在於是與不是之間，對與不對之中，在猶豫與徬徨，在掙扎與困惑之中，愛情默默滋長，理性與感性正在悄悄辯證。究竟該如何？過去的我

未必清楚,現在的我雖然理性而清楚,但感性上還是有一點點的感傷、不捨。因此,當作者使用一些否定的句子,以反面加以說明,使用一些疑問的語氣,以設問說出內心的徬徨與疑惑,這些看似詩中贅語的部份,反而是助長詩的情感呈現的因子。也只有這樣的使用,才使的詩的調子緩慢而帶有一點感傷,理性而又具有那麼一點熱情,反而襯托出詩人在情愛之中,欲言又止,欲說還休的情態。

三、結語

總之,夐虹的詩作的最大特色在於氣氛的掌握,能將繁複的技巧化為自然親切的意象世界,與情感的基調融而為一,以致於詩作呈現渾圓而精巧的美感,無雕琢之跡,無刻意之處,而有天然造成、渾然一體的自然之美。〈水紋〉一詩乍讀之下,總覺得情摯動人,內心淡淡的哀愁彷彿被詩句隱隱地勾勒出來,但又說不上來作者是運用何種特殊技巧所造成的效果。實際上,作者還是有運用技巧,只是作者更擅於塑造氣氛,氣氛的成功營造讓技巧不致太過顯露,能融會於詩意之中,這就是作者寫作時所達到的自然渾成的境界。

延伸閱讀

◎ 鄭愁予〈錯誤〉

◎ 方旗〈小舟〉

習作與問題

一、請以「水」為書寫的題材，從「水」聯想到童年、故鄉、
　　初戀、恩師、朋友……等，任你選擇其中一種情感抒發，
　　寫詩一首。

玩一場捉迷藏的遊戲

談渡也〈手套與愛〉的修辭技巧與創意設計

　　渡也（1953.2.14－），本名陳啟佑，臺灣嘉義人。中國文化大學文學博士，現任國立彰化師大國文系教授。曾加入《創世紀》詩社、《臺灣詩學季刊》創社同仁。其詩作曾經獲得中國時報敘事詩獎，中央日報新詩首獎、中華文學獎新詩組首獎、《創世紀》四十周年詩創作獎等。本讀理工，後轉學中文，年輕時期即熱愛現代詩，並致力於創作，後有詩集《手套與愛》、《陽光的眼睛》、《憤怒的葡萄》、《最後的長城》、《落地生根》、《空城計》、《面具》、《留情》、《不准破裂》等。並有現代詩評論及創作指導等書，如《渡也論新詩》、《新詩形式設計的美學》、《新詩補給站》等，對新詩的創作提出建言。其餘尚有散文及古典文學評論集多種。

　　渡也的〈手套與愛〉是他的詩作中深具創意與巧思的一首詩，他利用兩個不同的事物中間微弱的聯結，把兩者放在一起，產生新的創意，並從中表達了作者個人對於「愛」的看法。現將渡也的〈手套與愛〉全詩錄於下：

　　桌上靜靜躺著一個黑體英文字

　　glove

我用它來抵抗生的寒冷

她放在桌上的那雙黑皮手套

遮住了第一個字母

正好讓愛完全流露出來

love

沒有音標

我們只能用沉默讀它

她拿起桌上那雙手套

讓愛隱藏

靜靜戴在我寒冷的手上

讓愛完全在手套裏隱藏

這首詩雖然以一整段的方式寫出，但是可以看成兩部份的情節：第一個部份是指當她出現，遮住了第一個字母時，則愛（love）流露出來了；第二個部份是當她拿起手套時，第一個字母就出現了，於是 glove 顯現，當手套抵擋了寒冷，溫暖了手，但 love 卻反而隱藏在 glove 之中了。

一、手套與愛的設計創意

渡也〈手套與愛〉一詩的設計理念，是作者發現了英文中的手套（glove）以及愛（love）剛好差一個字（g），於是作者設計了一個情節，就是「現或隱」的躲藏遊戲。當 g 出現時就是手套（glove），隱藏了 g 則剩下愛字（love）。在二者「現或

「隱」的互動中，表達「愛」的「現或隱」，藉此營造此詩的獨特創意設計。換言之，當 g 出現時，手套（glove）上場，愛雖然隱藏，卻隱藏在手套（glove）之中，故不說愛，卻有手套的溫暖緩緩流過，如同溫暖的愛，用來驅走作者的寒冷；相反地，當 g 字隱藏時，愛字（love）出現，手套不見了，love（愛）的昭顯卻直說了愛意。

因此，這首詩的設計是運用彼此之間在文字形式上的相關性以及彼此巧妙的互動而設計出詩的情節。作者從英文單字中的 glove 與 love 差一個字母引起巧思，認為在 glove 一字中，love 隱藏在其中，而又因為手套與愛皆能引起溫暖之感，於是以手套的溫暖象徵愛情的熱度，利用彼此在意象上的一致性，故而以文字本身的字形、字義的轉化，玩一場文字的遊戲，而在文字的變化之中再加上情思的展現、修辭技巧的運用，則一首具有創意巧思的現代詩就出爐了。

二、寒冷與溫暖

第一句「桌上靜靜躺著一個黑體英文字」，英文字「靜靜躺著」，這是擬人法，擬人法就是擬物為人，以人的動作、言行、情感、思想等加諸於物，使物也具有「人」的特質。詩的第一句運用擬人法將主要的場景述說清楚，即在桌上的一個英文單字，是 glove，而 glove 則「躺在」桌上。

第三句「我用它來抵抗生的寒冷」，是說明我與單字的關係。我對這個單字的感覺及運用，就是「抵抗生的寒冷」。「生

的寒冷」是指生命的寒冷，也是指現實環境的寒冷，一方面是作者主觀的情思，認為生命給作者的感覺是寒冷的；另一方面也當作一個伏筆或引子，引發後述的手套與溫暖所可以發揮的作用與價值，與溫暖相互對照，產生對比的效果，這是「一詞多義」的用法。而手套是用來「抵抗」寒冷，用「抵抗」一詞在意義上也有強化說明「冷」與「暖」相抗相拒、彼此對立的作用。

　　第四句是「她放在桌上的那雙黑皮手套」，接下來是「手套」出場。因為前述的單字已經敘述完畢，接著是手套出場，這手套是她的，是她「放在」桌上的那雙黑皮手套，特意指出是「她」的，已經將彼此的對象及立場說清了。並且是「放在」桌上，這裏與第十句的「她拿起桌上的那雙手套」相對照來看，「放在」與「拿起」有對比的作用。而無論是放下或是拿起，這一切的主導權都在於「她」。埋下一個伏筆。

　　第五句「遮住了第一個字母」，也是「她」的動作，是接續第四句她的動作而來。這是一個很重要的動作，接續下一句的「正好讓愛完全流露出來」，這兩句的主角都是女子。而「愛」的流露則是「諧義雙關」的用法，既是指具體的單字的love（愛）的出現，也是意義上的愛的展現。如同一場默劇，一個女子把一雙黑皮手套放在桌上，正好遮住 glove 這個單字的第一個字母，放得剛剛好，不能太多也不能太少，glove 的 g 被女子的手套遮住了，於是 love 就出現了。在動作之中，輕輕地舉放手套之際，女子的愛就流露出來，愛是無聲的傳達，只有動作，只有彼此心領神會的覺受。

第七句只有「love」強調愛的單字的出現。同時，love 也是下一句的主詞。第八句「沒有音標」，這是「借代」的修辭法，以特色代替全部。說明此時愛的流傳是無聲勝有聲，以「沒有音標」來說明表示彼此無語，是借代修辭法。因此，下一句更具體形容：「我們只能用沉默讀它」，因為無聲，所以彼此是沉默的。而作者運用擬人法，讓沉默「讀」這個「love」字。這裏的「沉默」用擬人法，不但將前述的情景說明得更清楚，同時也將彼此無言以對的氣氛用具體而形象的說法表現出來。

三、放下、拿起到隱藏

第九句「她拿起桌上那雙手套」是一個較大的轉折。當情節發展到彼此默默相對時，氣氛是靜態的，愛在寂靜的氛圍中緩緩流過。於是，她一拿起手套，就打破了沉寂的氣氛，將視覺的焦點集中在她的動作上，令人不禁緊張起來，屏息以待，注視著接下來的動作。

「拿起」與前述第四句她「放在桌上的那雙黑皮手套」剛好對比。手套的出現是她「放在」桌上的，如今，也是由「她」去「拿起」手套，這一切的掌控與主導者都是「她」。

而接下來的發展是，當她拿起手套之後，情節產生變化，手套拿起來了，桌上的單字又從 love 回到 glove，而 love 就好像被隱藏在 glove 之中。所以說下一句說「讓愛隱藏」，這裏既是指單字 love 的隱藏，也是指愛不必說出來，讓這句

「愛」的表白隱藏起來，不必直接表白，這又是「雙關」修辭法。

因為真正的愛不一定需要透過言語的表白才能暢盡其情，有時，用彼此相知的動作也可以是愛的展現。於是，愛雖然被隱藏了，不必說出，但是，愛卻是表現在「靜靜戴在我寒冷的手上」一句。在 love（愛）隱藏之後，glove（手套）出現，這句話原來的意思就是「讓手套靜靜戴在我寒冷的手上」，表面上看來是省略了主詞「手套」，剩下「靜靜戴在我寒冷的手上」一句，但事實上主詞就在於前一句的「讓愛隱藏」，因為讓愛隱藏之後才可能發展出將手套戴在我手上的事情，這兩句不但有前後的因果關係，而且「讓愛隱藏」一句影射、替代「手套」的出現，換言之，「讓愛隱藏」這句話就等於是讓「手套」出現。好像在說一個謎語，「讓愛隱藏」是謎題，答案就是「手套」，而以謎語代替謎底。

從第十句「她拿起桌上的那雙手套」開始，是這首詩的高潮與轉折，決定這首詩的成敗與效果。因為，手套拿起之後，情節的發展就有兩個可能性，一個就是與前述完全相反的結果，從手套的放下到手套的拿起，就等於是愛的出現及愛的隱藏，換言之，有可能朝向由愛的出現到愛的消逝的方向進行結論的設計；但另一個可能的發展就是朝向出人意表的結果的設計。而作者在此就是以後者的結果作為此詩的結論：也就是說愛雖然被隱藏起來了，但是在發展過程中已經有了質的變化，從具體的愛到無形的愛，愛雖然不說出來，但是卻以具體的手套的溫暖表現了愛的溫暖。由口說的愛的表達進入無形之愛的

實際動作呈現了。

　　因此，作者最後結論是「讓愛完全在手套裏隱藏」，手套是 glove，愛是 love，而 love 好像是隱藏在 glove 之中。這是意義上的雙關。一方面是說「愛」這個單字躲藏在「手套」單字中，是根據事實具體的形容；另一方面是意義上的雙關，是指妳對我的愛是表現在手套之中，讓手套的溫暖代表你的愛，來溫暖我寒冷的手，更進一步說，也即是讓你的愛溫暖我寒冷的生命（第三句點出的「生的寒冷」）。

四、隱或現的巧妙設計

　　這首詩的結論就是愛雖然不必表白，而真正的愛卻是透過手套來表現。以女子把手套套在我的手上的動作代了她對我的愛。手套是愛也是言語。愛字不必說出，隱藏在手套之中，手套溫暖我的手的動作就是你對我的愛的表達，所以，隱藏愛之後的「手套」以及「手套戴在我的手上」的動作遠比口頭上的愛更能真正溫暖我的生命。因此，若是說明作者如何交互運用英文與中文的交錯，可以圖表說明其創作設計如下：

	單字	她的動作	結果	意涵
第一部份	glove	g 被她用手套遮住	love 流露／glove 隱藏	愛的直接表白
第二部份	love	她拿起桌上手套	glove 出現／love 隱藏	愛的隱藏，手套與愛溫暖我生之寒冷

　　這首詩中作者的言語雖然淺白，但是情節的設計卻是充分運用巧思，將英文中恰巧的 glove 與 love 的單字拼音上的雷同之處，引發手套與愛之間的可能的關聯性，再設計一個她放下、拿起手套的情節，於是，將英文的意義與中文的意義的雙關，交互參雜運用，而言語的交互出現與意義上的不斷雙關用法，用來表現作者對於「愛」的看法。最後，有趣的是，無論是英文或是中文，作者要說的是愛的真正意涵，當愛可以真正溫暖生命的寒冷的時刻，卻是在擺脫了文字的表白之後，以無聲勝有聲的動作盡情表達出言語所不能達到的境界。

　　作者在詩中運用創意表達了愛的看法，在現代詩的設計上是非常巧妙而獨有情意的。

延伸閱讀

◎　唐捐〈手與橘子〉

◎　葉笛〈logos 與聖經〉

習作與問題

一、把兩個不相干的事物放在一起，產生新的意義，這是創意之一種方式。如本詩中的手套與愛。請模仿此詩的創意思維，任找二個事物，將兩者連結起來，寫作詩一首。例如「花與裙子」、「鞋子與榕樹」等。

城市心情

焦桐〈擦肩而過〉詩中的感懷

焦桐（1956－），出生於臺灣高雄市。1980 年進入中國文化大學戲劇系，開始文學創作，曾以長詩〈懷孕的阿順仔嫂〉獲第三屆時報文學獎甄選敘事詩優等獎。曾編導舞台劇「老唐的舊布鞋」在台北公演。從其第一本自費出版的詩集《蕨草》以來，陸續出版的詩集有《咆哮城市》、《失眠曲》、《完全壯陽食譜》等，散文集《我邂逅了一條毛毛蟲》、《最後的圓舞曲》、《在世界的邊緣》等書，並有編選、童話、論述等著作十餘部。目前詩作有 A Passage to the City：Selected Poems of Jiao Tong 以及 Erotic Recipes 兩種英文譯本。現為中央大學中文系副教授。

〈擦肩而過〉一詩收錄於《失眠曲》中，寫的是個人在都市化的社會中，在擁擠的鋼筋水泥架構的都市叢林裏，人反而被架空，剩下忙碌與空虛，冷漠與疏離感讓人感到寂寞與無奈。茲錄其詩全文如下：

關掉這兩扇沉重的門
我哄抱一群喧嘩的心事
依戀地回到混凝土的身軀

今天又有二十萬人和我擦肩而過

插滿碎玻璃的圍牆太高
一個人在思維裏散步
不得其門而入

一、詩的主旨與情思

　　焦桐在《失眠曲》一書以小人物的心情或發生的事件為題材，映照都市中種種生活的面向，從而投注他對社會大量的關懷。在都市生活中，人們往往因為忙錄的生活而失去思考的能力，陷入迷失自我的悲哀。詩人從疏離感、孤寂感來書寫都市人的生活，透露的是詩人的關懷、對自我的提醒，以及對生活的反思。

　　〈擦肩而過〉一詩寫的是城市中個人的孤寂。「擦身而過」是一個動作，這個動作代表的是在人口密集的城市裏，在路上走過，便被迫與陌生人近距離的接近，無論是在同一車廂或是站牌下、人行道上、百貨公司、賣場，常常與陌生人擦肩，而過。但在交會的剎那，人的身體雖然如此接近，但心靈相距卻十分遙遠。在城市中生活的人們，本與城市的脈動息息相關，卻又在人際關係中彼此疏離；城市造就了近距離的接近，卻也製造了心靈上長程的遠距。矛盾的情結說明的是城市中人情的淡薄。

二、詩的意象與修辭

詩一開始就說「關掉這兩扇沉重的門／我哄抱一群喧嘩的心事／依戀地回到混凝土的身軀」，關上門的剎那，象徵了人與外在世界關閉了溝通的管道，將世界隔絕在外。而這「兩扇門」是「沉重」的，為了自我防衛，人們在家中設置兩道沉重的鐵門，一道門是不足以護衛安全感，只有重重門鎖、處處防範，才能安穩住人們心中時刻的不安。而「沉重」一詞則一語雙關，既言鐵門之沉重，更言心情之沉重。進一步地探尋，為何「心情沉重」？是因為生活艱辛？還是人際疏離？是工作繁重？還是成就未竟？是目標茫然？還是生活無趣？是……？詩人在此不作具體而精確的敘寫，正好提供讀者依其生活經驗而各自有著不同的解答。可以想到的鏡頭可能是：當詩人回到家中，身上尚且攜帶工作後的疲憊，還有煩亂的心事，就像一群喧嘩不止的人，不斷提醒並煩擾詩人的心。

種種煩人擾人的生活問題，甚或生命問題，詩人統統將之化歸為「一群喧嘩的心事」，並且在詩人的懷中被「哄抱」，這裡顯然使用「轉化」修辭法中的「形象化」，把抽象事物具體而生動地說明。「哄抱」著心事的動作，意謂著胸中無法放下的心事，如抱孩兒般依然懷抱在胸中；「哄」是安撫之意，有著欲丟而不可的情緒，像對孩子的照顧一樣，想要拋下不管卻又忍不住去呵護他。承繼著「鐵門」和「哄抱」的家的意象，詩人對於「家」的物質性敘述，從一般人認為溫暖的感覺，翻轉俗意，直言「混凝土的身軀」，使得原本依戀的對象

（常人認為的「家」），在此詩中變成混凝土製成、冰冷、無情、堅硬的某種存在物而已，所以，「家的身軀」就是混凝土，詩人不直說「回家」，而故意說「回到混凝土的身軀」以求創意的展現，也就是更深更狠地批判都市文明所帶來的奇怪而悲哀的人類歸宿，那就是人類最終的去處，或是最渴望歸往的地方竟然只不過是個用「混凝土」做成的東西，含蘊著詩人對於「家」的意識在都市文明中產生質變問題的憂慮。

第一段直寫詩人帶著疲憊與一腔心事回到家中，使用的意象是以關掉門的動作象徵著自己關掉外面的世界及白日所有的公務，可是心事卻是關不掉的，它隨著詩人入門，進入家中，不但無法忘懷而且「喧嘩」不停。整段的氣氛塑造是沉悶的，煩憂的，想要休息卻不能休息，想要拒絕卻無法拒絕，混凝土的身軀是冷冰冰的，可見家並無想像中的溫暖，迎接我的建築物是冷酷無情，間接指出世界是冷的，沒有熱情。

第二段只有一行，是以回想的鏡頭處理，屬於「追述示現」修辭法，有趣的是，此段僅僅只有一行：「今天又有二十萬人和我擦肩而過」，詩人獨立一行成段，可見用筆非常大膽，同時，可以想見此處一定別有用心。「今天又有」特意強調今天，而「又」字則透露每一天都有，每一天都是如此的性質，以及每天每天就這樣地將時間推移過去。「二十萬人和我擦肩而過」是誇飾法，以「二十萬」的數量說明其多，「擦肩而過」是短短不過一秒左右的時間，代表著人與人接觸的次數雖然頻繁，但卻是以非常快的速度匆匆交會，匆匆而過，「過」則不再留戀，不再有所交集，可是詩人卻將之寫入詩中，

寄予某種程度的無奈與希冀，所以，彼此的內涵是矛盾的，於是，「二十萬人」的「擦肩而過」就有了諷刺的意味，雖然曾經交會，又如何呢？人流如潮，潮來潮往，何其迅速，都市中人際關係或許也是如此短暫而迅速的「擦肩而過」吧！詩人在詩句中用一個誇飾的意象表達了都市生活中人際關係的向貌，也對這樣的形態有些許的感嘆與諷刺。

第三段說「插滿碎玻璃的圍牆太高／一個人在思維裏散步／不得其門而入」，圍牆上插滿碎玻璃是用來防止惡人入侵，在這裏用具體的形象象徵心的圍牆是既高且插滿碎玻璃，使人與人之間不但有具體的真實圍牆，也有無形的、充滿防衛意識的高大圍牆，阻隔彼此進入對方的內心世界。承繼第一句，所以才說「一個人在思維裏散步」，在自己的內心世界中徘徊，在自己的想法中繞圈，雖然詩人用的是「散步」的意象，在自己的心中悠閒地自我想像，自我安慰，沉溺在自己的想法中，不願與他人溝通，於是「不得其門而入」的不只是別人，也是自己。別人無法進入高牆內詩人的內心世界，詩人同時也無法進入他人的內心世界，只有在自己的思維中自我安慰以求自我解脫。

「散步」而「不得其門而入」兩個意象放在一起，一個是悠閒的感覺，一個是困難的感覺，這兩種感覺並不協調，甚至是衝突矛盾的，讓人聯想到在高牆外面的散步其實是強作鎮定的，內心渴望找到門路，但卻陷於找不到大門可入的窘境；換句話說，個人的思維若像是高牆內的花園，人們在自己的花園中散步，他人卻找不到門，可見彼此相互拒斥的防衛力道是相

當強勁的，門內的人拒絕門外的人進入，門外的人始終找不到可以進入的鑰匙，心中的一番天光雲影只供自己品賞。有趣的是，「不得其門而入」寫的是自己，也是別人，換句話說，當詩人數落都市文明中的「別人的」冷漠與疏離，自己何嘗不是如此？真是令人悚然一驚。所以，彼此以一道高牆拒絕彼此，此意象說明城市人的隔離感與孤獨感。

三、詩的結構與脈絡

余光中對於此詩的評論，特別提到「門」的意象，他說：

這首詩始於關門，而終於無門可入：人間處處是防範與封鎖，雖有千萬人與我摩肩擦踵，仍是無情的世界。[1]

余光中從「門」的開關，點出這首詩的主要意象。其實，這首詩以關掉門為詩的開始，就已經將詩的意境鎖定在一個封閉的空間裏發展，在最後一句則是以「不得其門而入」結束，也是「門」的意象，始於「門」而終於「門」的意象，作者應是有意製造因為「門」所產生的種種思維與情節。「門」溝通的是真實而具體的世界，同時也是溝通虛無世界的要津，人們在真實的世界中關上了門，卻關不住喧擾的心事，但關上的豈只是門，也關上了與世界交流的管道，讓自己的心在圍牆之內自我

---

[1] 見余光中〈被牽於一條豔麗的領帶──讀焦桐新集《失眠曲》〉，於焦桐《失眠曲》（台北，爾雅出版社，1993.）頁7。

放逐，別人不得其門而入，自己呢？也不得其門而出。此時，門所象徵的就是無形世界中的交通管道，是阻隔心與心的一扇大門。

詩的開始寫的是具體的「門」，具體的門關掉了，無形的心事卻還在。最後，在思維裏散步的人們找不到「門」而入，這是虛無的「門」，是通向心靈世界的門，卻也不見了，找不到了，從關上有形的門到關上無形的門，此詩的情境越來越形封閉，也越來越灰色，越來越失落，一路走向低潮，詩人借此表達內心的感嘆與悲涼。

詩的結構也是第一段以具體的門為主要發展的意象，中間第二段回憶白天的情景，是個轉折，然後第三段則是進入抽象的思維與無形的門之間的關係與發展，從可見可感的具體的門到無形的門，我們發現，兩者皆有關涉，詩人已無門可開，由詩意看來，詩中的情感是相當黯淡的，非常無奈的，而這也就是詩人所感受到的城市人的疏離與冷漠。

延伸閱讀

◎ 焦桐〈雙人床〉
◎ 陳義芝〈燈下削梨〉

習 作 與 問 題

一、上帝關一道門，會再開一扇窗。「門」與「窗」的意象往
　　往具有象徵意味，請你以「窗」為主要意象，自擬詩題，
　　仿作一首詩。

二、請運用聯想法，想三個與「門」可開可關的事物，並從這
　　三個事物中發展出三句詩，或者發展成三首詩。

現代失戀哲學

談夏宇的二首小詩

　　夏宇（1956－），本名黃慶綺，筆名童大龍等，廣東省五華縣人。國立藝專影劇科畢業，是新一代的詩人，在八十年代崛起詩壇，十九歲開始寫詩，曾任職出版社及電視公司，曾獲第二屆時報文學獎散文優等獎、「創世紀」創刊三十週年詩創作獎、第一屆中外文學現代詩獎等。曾旅居法國，目前回臺，從事文字相關工作。她的作品不多，著有詩集《備忘錄》、《腹語術》、《磨擦，無以名狀》、《salsa》等。

　　夏宇的詩作思路靈慧，創意鮮奇，詞句簡練，常發人所不能發，提點出特殊的創意趣味，故其詩評價頗高。其中〈甜蜜的復仇〉一詩，是在她二十四歲時所寫，屢為傳誦，當為代表之作。其代表作必有為人稱頌之處，本文即在試圖解析。今錄其詩〈甜蜜的復仇〉如下：

　　把你的影子加點鹽

　　醃起來

　　風乾

　　老的時候

　　下酒

　　必須把這首詩的詩題與內容一起合看，才能看出題目中所謂「甜蜜」以及「復仇」的意涵。這首詩的內容大意是說，當你離我而去，我雖然無可奈何，但是你的一切將在我的記憶中保存，我將把與你相關的所有一切保留起來，等到年紀大了的時候，再拿出來品味。

　　詩中對待棄我而去的男人使用的方法不是小心翼翼以錦帕珍藏，卻是以「加鹽醃製」的強烈手法，既有明確動作，同時也語氣肯定。由此可見作者對愛情的「處理」方式是傾向「懲誡」的態度。年輕時，以鹽醃製，老的時候，拿來「下酒」，彷彿唯有用「嚼」的方式，一口一口將你吞下才能解除離我而去的怨恨一般。以飲食意象寫出對愛情失望的對待。以此角度，設身處地想，當作者年老時對男子還是存在著回憶，只是不甘心中卻還存有淡淡的甜美，所以是「甜蜜」的，但是，生氣你當初離我而去，所以拿來下酒，當成「復仇」。此種情感，是矛盾的，既浪漫又痛苦，既甜密又懷恨，以修辭上的「矛盾修辭法」設想詩題，與真實情感更有聯結而切合的效用。

一、謎題與謎底

　　詩題〈甜蜜的復仇〉與內容相對照之下，詩旨更為清晰。因為夏宇擅於運用將題目與內容以相互補足、互相搭配的方式，來呈現完整的一首詩。詩題與作品本身像是一體的兩面，題目占有的比例與內容相等，在相輔互助之下，產生相激相盪

的特殊效果。下面所要談的〈秋天的哀愁〉一詩也有異曲同工之妙。

這種創作模式是一種「謎語式」的寫作。題目對於內容不再是規範或是指導的功用，反而是內容的一部分，與詩的本文完整結合成一個整體，少了其中一部分，這首詩都將失去它原有的驚奇。甚至於題目在本文中從未出現過相同的字眼或是相似的情懷，題目與本文的相關性較遠，但卻有一絲的聯結性時，一旦揭曉，本文與題目所產生的強大張力就更令人產生新奇而刺激的美感，簡言之，如果說本文像是在敘述一個「謎題」，那麼，題目就是「謎底」。

二、秋天的哀愁

這種寫作方式，夏宇的詩中，如〈秋天的哀愁〉具有同樣的趣味：

> 完全不愛了的那人坐在對面看我
> 像空的寶特瓶不易回收消滅困難

〈秋天的哀愁〉題目本身並不創新，反而有些老套與浮濫，但是若把題目與本文分開來看時，本文敘述一個場景，其中，一個不再愛我的人坐在對面，默默無語，對我而言，只有讓我覺得眼前的這個人不過像是「寶特瓶」一樣，既不可能重來一次，又不可能抹滅過去一切不愉快的記憶，但是，想讓他消

滅，永不在我的心中出現，卻又是很困難。這種矛盾的情緒就是一種「哀愁」，而哀愁是屬於秋天的，淡淡的，卻蟠踞心頭不肯離去。

這首詩如果只看內容而不看題目，僅僅只是一個意象描寫，但是，內容與題目放在一起，對照之下，讓短短兩行詩句卻突然增加了鮮活的生命力。等於是為本文下了一個註腳，為情緒做了說明，並畫下一個句點，同時，又兼具詩題的功能，所以，在看似平凡的幾個字之中扮演的是多重的角色，它呈現多重的意義，不但有詩的濃縮的特質，也化腐朽為神奇，將平凡無奇甚而俗濫的句子賦予新的生命。　除了題目之外，這兩首詩在創作上使用的技巧很簡單，其絕妙處並非繁複的意象與修辭，而是在於創新與設喻巧妙的神來之筆。

三、影子與愛情

夏宇〈甜蜜的復仇〉一詩，僅僅用了一個「單一意象」，就是「影子」，但這個意象在時間的轉盤下，畫面隨之流轉，因此，時間推移造就了整首詩情節的推展。當「影子」在時空的轉換，以及隱藏在詩中的「我」的刻意安排下，「影子」從被醃製到風乾，最後拿出來下酒，莫不有一種復仇的快感。但是，時間流逝了，我也「老」了，只有在老了之後才會有對舊事重提的淡淡甜蜜。這首詩從頭到尾所寫的就是一個「影子」經過時間加溫之後的變化，是單一意象順著時間的流程變化的過程。

　　再加上一個「擬物」法。將屬於人的「影子」擬想成可以被醃製的瓜果一類，之後加鹽及醃製的動作才有其存在的可能，這是「擬人為物」的修辭法。而「你的影子」用來說明你的一切，包括有關於你的種種記憶，這是以部份代替全體的「借代」法。其實，詩中的「你的影子」就是指「你」，採用「影子」而不用「你」，以虛物寫實體，不但避免血淋淋的畫面太過務實，同時也有使距離拉大，消融對立，產生朦朧的美感，而且避免了直接敘述的俗套。「你」與「你的影子」被拿來醃製，兩者相比較之下，虛體的「影子」當然比實體的「你」更能製造虛擬的效果，同時，「影子」是虛體，不能拿來醃製，卻設計了一個醃製並風乾的情節，這是運用想像力的「懸想示現」法所設計的情節，所謂的「懸想示現」就是不存在於現實世界並且幾乎不可能發生或完成的情景，以想像的方式完成。「影子」永不可能被醃製或風乾，因此，這種事情只可能發生在想像之中。

　　題目為〈甜蜜的復仇〉則是採用「矛盾」的修辭法。打破「復仇」本身既定的情緒與觀念，任由思緒漫開，把恐怖的、危險的、甚至血腥的復仇情緒，設定為「甜蜜的」，作者採用對立的情緒以產生「矛盾」的效果，這是「矛盾修辭法」的運用。因此，這一首詩所採用的修辭技巧並不難懂，但是它的成功最主要是作者巧妙應用所引發的驚奇的效果。

　　另外，作者在「復仇」的情緒中，擺脫舊有的復仇觀，以種種對待「影子」的醃製、風乾、下酒的方式來「復仇」，這三種過程中，作者已經達到復仇的快感了，而不必是以真正傷

害對方作為復仇的方式，而且，經由假想的「影子」代替真實的「你」，復仇的仇恨感便略為減輕，所以可以產生「甜蜜」的可能性。這都是文學創作之所以有宣洩情緒、抒發情感的作用之處。

第二首〈秋天的哀愁〉所使用的修辭技巧比較簡單。第一句：「完全不愛了的那人坐在對面看我」不過敘述場景，而且用非常平實而貌不驚人的句子，接下來的「像空的寶特瓶不易回收消滅困難」，這是運用一個我們日常生活中所常見的一個物品「寶特瓶」本身的「不易回收」且「消滅困難」的特質與我對於不愛那人的感覺正好可以「聯想」在一起，於是一個巧妙的譬喻完成了，而由於上一句的平凡，下一句的精采演出反而造成語不驚人死不休的強大張力，令人有提振精神、眼睛一亮、不禁莞爾一笑的效果。

因此，整首詩所運用的技巧就是：「譬喻」，而且還是譬喻中的「明喻」修辭法，而運用的思維方式就是「聯想」。其成功的要訣在於發人所未發，見人所未見的想像力，能夠將我們日常所見的物品，卻從未去關注的東西，善加利用，加以剪裁變化，巧為設喻，一首驚人的小詩就呈現出來了。

四、嘲弄的失戀之情

夏宇的這兩首詩都是以愛情為主題，而且是失落的愛情，寫的是失戀的感受。然而夏宇不是談悲傷，寫悲情，反而從另一個嘲弄的角度，以積極的先發制人的態度，決定了自己處理

感情的方式。有別於沉浸在自憐自艾的情感裡，反而以具有潑辣、果決、明快、積極的性格特點去面對。因此，對於死去的愛情，在這兩首詩中，〈甜蜜的復仇〉是將情感經過一番整理之後，保留在記憶深處，等到老的時候才拿出來品嘗，其對於情感的態度很明確而且不流露出自憐的悲情。而〈秋天的哀愁〉雖名為哀愁，但是在本文中卻一點也不哀愁，對於失去的愛情不但沒有哀嘆之情，反而煩惱如何處理這「回收不易」又「消滅困難」的東西，作者處理愛情的態度是十分明快而明確的。

　　從夏宇的兩首詩中，充分顯現靈思妙意，創造出新奇有趣而能打動人心的佳作來，可以看出夏宇在創作上的聰穎及巧思。這是現代詩創作上的一種展現的風貌之一，也可以說明現代詩在創作上注重創意以及如何運用靈思巧意的一面。

延 伸 閱 讀

◎ 鄭愁予〈情婦〉
◎ 夏宇〈腹語術〉

習 作 與 問 題

一、〈甜蜜的復仇〉中為何用「影子」為意象，而不用真人的「你」？

二、〈秋天的哀愁〉是利用一個巧妙的譬喻寫成，譬喻的部份
　　恰如其分寫出愛情，你能否寫二句詩句，以一個譬喻，寫
　　「相思」。

少年情懷總是詩

陳大為〈今晨有雨〉的詩中意境

陳大為（1969－），出生於馬來西亞霹靂州怡保市，祖籍
廣西桂林。畢業於台大中文系、東吳大學中文所碩士班、師大
國文所博士班，現為台北大學中文系助理教授。曾獲多項大
獎，包括台北文學年金新詩類、中國時報文學獎新詩評審獎、
聯合報文學獎新詩第一名及散文第一名、教育部文藝創作獎新
詩首獎及佳作、中央日報文學獎散文第二名⋯⋯等。著有詩集
《治洪前書》、《再鴻門》、《盡是魅影的城國》，散文集《流
動的身世》等書。

陳大為從一九八九年開始學詩寫詩，之後不斷發表，也不
斷得獎，因此逐漸奠定詩壇上的地位。然而，作者的才華洋
溢，或者說企圖心不止於此，除了寫詩之外，還致力於散文的
創作，以詩化的手法入文，將詩中的創意以及意象等技巧用在
散文的創作上，使散文具有詩化的迷人氣息。

陳大為詩作有相當大的比例是以南洋原鄉為題材，以敘事
的手法，書寫過往的歷史，推倒過去與現代的間隔，突破既有
的思維定勢，而以現代語彙、現代手法和現代觀點建立史詩的
現代面貌，呈現出現代史詩的嶄新風貌。另一個題材是具明顯
篇幅的中國古代歷史，他的詩作中敘事策略的重點在於再詮釋

的個人觀點，或者說重新建立歷史在現代人心中的地位。兩類題材都是「歷史」的性質，相對而言，一是古代，一是近代或現代，陳大為想要建立的是他個人的觀點所詮釋出來的歷史觀，而其詩風的特殊性也由此建立。陳慧樺對陳大為的史詩，便評其為「擅長敘事策略的詩人」[1]，而一般評者亦將陳大為視為擅長史詩創作的詩人，也有人將其以南洋題材為詩作主要對象，認為這是他藉著邊緣的題材而獲得的成就。[2]

　　然而，陳大為以劍與狼煙構築的詩中世界裏，史詩的英雄世界中，少見柔情的篇章，情詩在詩人筆下如鳳爪龍鱗，難得一見。陳大為在〈獅子座的流星雨〉一文中也自我表白：

　　　　有人說我的詩是狼煙和劍的世界，筆的路徑總是遵循那炯炯之鷹眼。柔情呢？柔情早已夭折於思緒最初期的大滅絕。[3]

可是，在早期的舊作中，筆者發現詩人以靈巧的筆觸書寫柔情的悸動，〈獅子座的流星雨〉一文已可窺見其情之柔、其文之美，同樣的，我們也在《在鴻門》中找到情詩〈今晨有雨〉，從而領略一位大男孩對於愛情的心境竟是如此的細緻幽微，令人在發出會心的微笑後，不禁讚嘆連連，其詩如下：

---

[1]　見陳慧樺〈擅長敘事策略的詩人〉於陳大為《再鴻門·序》（台北，文史哲出版社，1998.01 再版）
[2]　見羅智成〈在「邊緣」開採創作的錫礦〉於《盡是魅影的城國》（台北，時報出版社，2001.06.）
[3]　見陳大為《流動的身世》（台北，九歌出版社，1999.11.）

今晨有雨，雨慵懶地彈奏初醒的山櫻
踩著十六分的急促音符妳竄到簷下
我撐開黑洞般的小傘
把焦慮的音色吸納進來——

是雨讓小巷有了千匹絲綢的綿長
青澀的雷群躲在左胸膛狂歡
私藏了多少可能的情節妳那幽幽的體香
雨越下越大傘越撐越小
磁場吋吋壓縮，將肩膀擠向肩膀
膠裝成一本薄薄的少女漫畫；

韁繩在舌根窺探，想套問妳的名字
話裏有禿鷹盤旋，要獵取妳的地址
用微笑築起你矮矮的籬笆
我可是步聲很輕很輕的黃鼠狼
從容潛入兩頰暈開的紅色春天，

彷彿一座莽林妳微濕的髮
眼神是穿梭不定的羚羊，我近近地追
呼吸過七脈高山七灣河川
被獵的喘息比水蜜桃來得香來得甜
我深陷在對話之間，如嵌住的標點；

山櫻把時間和巷子紅紅地焚盡
藍色的南瓜車把故事逼到終點
鞋帶緊緊地把妳綁了上去，緊緊地
只有左邊的酒渦偷偷旋轉
迷亂了雲，傾盆了一傘雄性的大雨，

就這樣我濕透了整個春天的夾克
就這樣捉完一場滂沱的迷藏
今晨有雨，妳沒有帶傘……

一、內容情節的進展

　　此詩分為六段，第一段描寫男子在有雨的清晨撐著一把小
傘，遇到女子的情形；第二段描寫與女子共傘時男子的心情；
第三段描寫男子想要探問女子的名字地址，那種害羞又想要進
一步突破兩人關係的心情；第四段描寫與女子對話時，男子的
心情；第五段描寫小巷的雨逐漸停歇，邂逅時的對話也漸近尾
聲；末段則寫出相遇後男子在內心引起了迷亂的漩渦，不斷在
心中上演剛剛出現的美麗的邂逅：「就這樣我濕透了整個春天
的夾克／就這樣捉完一場滂沱的迷藏／今晨有雨，妳沒有帶
傘……」留下無窮的韻味以及含蓄不盡的情意，彷彿品茗之後
的醇厚喉韻，令人回味再三，久久不忘。這種餘音裊裊，意猶
未盡的寫法可說是傳統詩歌中的「含蓄」以及「含不盡之意於

言外」的寫作手法。

將此詩還原成散文，可以這麼看著這一個故事：

第一段：那天，下著雨的清晨，頗覺無聊的我撐著傘，忽而聽到一陣急促而焦慮的腳步聲，那是妳，來了，躲在我的一把小小的傘中，一旁是紅得鮮亮的山櫻。我撐著傘，我們走著，在浪漫情節最容易發酵的小巷。

第二段：小巷很小，傘很小，我的內心卻澎湃出千匹的絲綢，激盪著一陣又一陣不可遏抑的心動，而在妳幽幽的體香中，我的遐想也開始翩然展翅。遐想中的情節像一本薄薄的少女漫畫，充滿著現代的浪漫情懷。此時，我不禁將肩膀靠近妳的肩膀，而妳以少女易感的情懷，也感受到磁場往溫暖的雲天不斷地變化。

第三段：我像獵人，想套問妳的姓名地址；而我卻又像小鹿，小心翼翼地探索著；而我悄然進展的話語則像黃鼠狼，在游移之中不斷逐寸逐寸地向前窺尋。妳微笑，只是微笑，卻蕩起迷人醉人的消息，妳喜悅而害羞的心漣漪起紅色的雙頰，暈開了紅色的春天。

第四段：對話開始進行，順利地進行著。妳喘息未歇，呼吸深長，壓縮成柔細綿長的起伏，還釋放出熏人的水蜜桃香味。可是，我像追著獵物般的不斷的探尋，享受快意奔跑，妳的眼神卻穿梭不定，像羚羊，不敢正面迎接我眼神溫柔的追捕。

第五段：時間流逝，山櫻落紅無數，巷子盡頭之處正是驟雨初歇之時，美麗的相遇也會結束，童話般的情節至此將告一

段落。妳綁緊了鞋帶，離開，只剩左邊的酒渦在我心中不斷旋轉著動人的圓圈，這是迷亂，一場動人的迷亂。這一場大雨，有著雄性的磅礡氣勢，正如同我澎湃不已的心情。

第六段：一切結束後，我自嘲自解，我就這樣遇了一個女孩，濕了一件夾克，在一個有雨的清晨，那個清晨，妳沒帶傘，我……。

就此詩的主體部分，也就是第二至第五段，其情節的發展與心情的變化即如下圖：

段 落	情 節 發 展	心 情 變 化
第一段	下雨，撐傘，相遇	慵懶（女子急促、焦慮）
第二段	共立於傘下，男子有情意並展開想像	雀躍、欣喜
第三段	男子探問，女子微笑、臉紅	小心翼翼、緊張
第四段	繼續探問，展開對話，女子微嗔	緊張、喜悅
第五段	傾盆大雨之後，故事終點	臉紅心跳、迷亂
第六段	回想	迷亂、迴盪

此詩敘述的是一段邂逅的故事，以時間為縱軸，逐步進展情節，採用的是順時記敘法，至於敘述視角則是第一人稱。當然，詩中男子究竟是不是詩人本身？其解答的重要性對於此詩的賞析並無多大意義，究其實質，不過是背景的了解與趣味的增加而已。

在此詩的敘事路徑上，情節的進展當然是不可或缺的，重要的是，在第一人稱的視角中，詩人將敘述重心放在男子內心

的感受與獨白，而不是放在對女子的描摹與遐想，此實為詩人匠心獨到之處。而中間部分則是這首詩的功力顯現處，第二至五段以男子內心的獨白為主線，以場景的烘托為輔，而將女子的神情與反應穿梭交織其間。藉著男子獨白的內容從而呈現面對女子時心情的變化、轉折、不安、焦慮，而此心情從第一段有雨的清晨，詩人有些慵懶，第二段雀躍的心情，第三段內心的羞怯與掙扎，第四段對話的探尋，到第五段在迷亂回味的心境中結束，一場邂逅也在心中不斷產生重複的畫面。所以，最後一段則是以後設思考的高度為這一切發生的事件拉出一陣尾聲，極富情味。

以時間的順序發展故事情節，這像電影，也是故事，心情的描述更是依發展而不斷變化轉折，所以，這是一首以內心為主線的詩作，因此，此詩對心情的描述成功與否決定此詩的成敗。情節的安排或許有些老套而平俗，但是作者將重點放在內心的顯露，讓一切彷如在隔著迷濛的紗中逐步地上演，含蓄之甚，這是詩人的創意，也由此突破同類詩作的寫作角度。而這種含蓄的寫法甚為巧妙，一方面將一般人所明寫的，將之暗寫；詳寫的，將之略寫；相反的，別人暗寫略寫的，則將之明寫詳寫；另一方面則利用模糊思維，將暗寫略寫的女子容顏和眼神予以簡筆勾勒，能衍生的想像也就跟著不斷開展，女子可能的花容月貌、雙頰紅暈、如羚羊般不定的眼神，在讀者心中不斷彩畫出所有可能的美圖。

二、意象修辭的技巧

　　詩是意象的語言，此詩隨著詩人的心情轉折而擷取相應的意象以發展出情節。當詩人是以抽象的心情變化為主時，其難度就在於如何以具體有感的形象掌握內心抽象無形的情意，並且能貼切精準地表達，這是成敗的關鍵，也是作者功力高低的所在。因此，意象運用是否成功，是檢視此詩最要注意之處。

　　從第一段便寫出地點與情境：今晨有雨，而我也有些慵懶，作者不說自己慵懶而寄情於物說：「雨慵懶地彈奏初醒的山櫻」，一方面將原來沒關係的山櫻與雨進行結合的工程，這是詩人多思善感的心懷所觀看的有情天地；另一方面將雨擬人化，把下雨的情景創出「彈奏」的意象。而後延續彈奏的意象，說「踩著十六分的急促音符妳竄到簷下」，「十六分音符」是甚為急快的節奏，把對方的急促、緊張與匆忙表露出來，此句在文法修辭上則是利用倒裝技巧，原式應是「妳踩著十六分的急促音符竄到簷下」，一方面增加節奏感，使急促之感強調出來，避免平板的語氣，更產生新鮮感與趣味性。另一方面，這樣的倒裝實際上是隨著文勢而決定的，因為重點在女子急促而緊張的心情，由之產生「十六分的急促音符」，這是最吸引目光的焦點，所以將之提到詩句前面，是符合當時狀況的，也就是說，詩作必須掌握到情節的發展與心情的脈動，將焦點置於前面，做為吸引讀者注意的聚集之處，有助於情思感染力的提升。

　　情節繼續發展，女子進入傘下之後，而我呢？我的小傘正

好容納焦慮的女子，於是，延用音樂的意象，作者用傘「把焦慮的音色吸納進來——」，是將女子納入傘中。詩的語言不直接說明，卻強調詩人感受最深的部分，因此，不說女子與我一起撐傘，而強調女子「焦慮」的感覺，是使女子焦慮淡失的伏筆，至於如何使女子焦慮淡失的情節發展則是男子心中所願，也是其後所要發展的情節。至於「黑洞」意象屬次要意象，是加掛在第一段音樂意象之上的其他意象，因為黑色小傘使詩人聯想起黑洞，而其「吸納」的作用正可將黑洞意象與音樂意象建立關係，此是詩人意象運用巧妙之處。

「是雨讓小巷有了千匹絲綢的綿長」，這是譬喻法的變型，意思是「雨落在小巷中，小巷有如千匹絲綢般的綿長」，如此就變化了一般的「A是B」的句型，而有句式創新的趣味。「青澀的雷群躲在左胸膛狂歡」，左胸膛正是心臟的部位，詩人將雷群擬人化，並象徵著作者內心澎派不已的心跳，原因何在呢？是詩人在近距離中感受到女性幽幽體香而引起的悸動，內心開始想像女子的種種，所以才說「私藏了多少可能的情節妳那幽幽的體香」，又將「妳」放在後面，在形式上形成錯落的趣味，而未將之置於句首形成單行，則有暗自咀嚼女子體香之意味。於是，「雨越下越大傘越撐越小」，在修辭上對比的寫法，其張力更為明顯，而其蘊藉的力道也甚為強勁，意思是其後的兩句：「磁場吋吋壓縮，將肩膀擠向肩膀」；再就運用的語言來說，這純粹是由感覺所提煉而成的語言，有點超現實主義的寫法，畢竟傘不會越撐越小的。

兩人的距離因為雨大傘小而越來越近，「磁場吋吋壓縮，

將肩膀擠向肩膀／膠裝成一本薄薄的少女漫畫；」對詩人而言，小傘下的擁擠引發內心無限的想像世界，像少女漫畫，而「薄薄的」顯然是不認為這場浪漫的相遇會是長長久久的故事，是美麗的剎那，也為其後女子的雨歇離去和結尾的回想迴盪埋下伏筆。而「膠裝」兩字當然是順隨著成書的少女漫畫而使用的動詞，而另一方面則揭示了這個故事是「現代的」，不是古代的人面桃花，也不是御溝紅葉。此段不像第一段是以音樂的意象為主，而是散置的意象，也就是說，段中有「絲綢」、「雷」、「少女漫畫」，互不相屬，隨文賦予，而想像隨之開展，趣味也隨之產生。

第三段，其意象是完整的意象系統，也就是捕獵的意象，與前兩段又有所不同。此段寫的是兩人更進一步的交談，但詩人因緊張而有些謹慎：「韁繩在舌根窺探，想套問妳的名字／話裏有禿鷹盤旋，要獵取妳的地址」，喻體韁繩指的是由舌頭所投出的話語，所以與舌根連結起來，如同有韁繩深綁在舌根一般，話語裏吐出的字眼都在試探女子的一切，像禿鷹尋找獵物一般，要獵取對方的電話地址。「地址」只是其一，應該包含電話、地址，甚至姓名，只說地址是避免了重複與冗長，而所問究竟有多少，又引起讀者自行補充和想像，這是詩人的妙技所在。而對方呢？「用微笑築起你矮矮的籬笆」，籬笆可以阻絕彼此，「矮矮的」卻只有一部份的隔絕，所以，可以想見對方是用淺淺的微笑溫柔地拒絕了，但是，仍然有跨越的可能，所以，在下一段中才能展開對話，並且有進一步的探尋。所以，詩人不用「高牆」、「大山」等強烈隔絕兩邊的龐然意

象，而用矮籬，其下筆之際足見審慎，用詞之精準能與捕獵意象融合一片，足見煉詞功力非常。當然，此處「矮矮的籬笆」是喻體，所指的是淺淺淡淡的猶豫或拒絕。「**我可是步聲很輕很輕的黃鼠狼／從容潛入兩頰暈開的紅色春天，**」可見詩人是不放棄的，還是輕輕地像黃鼠狼般奸詐，並且表面上從從容容地，攻入女子的心防。紅色春天是譬喻女子緋紅的雙頰。這段詩中，有我的心情，有對方的反應，有我再次進攻，用另一種方式探索，在詩句之間，心情的變化非常微妙，詩人的心境有二次轉折，對方依然，卻僅用短短五句，便能掌握到那種一來一往之間的變化，可見出詩人敘事的功力。

第四段繼續書寫詩人的探索與追求，意象系統逐步轉移，雖然有捕獵的字眼，但是重點放在捕獵的地點，也就是「山河」的意象。在敘述的比例上，此段將男子的神情動作與女子的神情動作各佔一半進行書寫，對於女子部分較上一段多了一點，此有進一步了解與探尋意味。當男子悉心看著對方，「**彷彿一座莽林妳微濕的髮**」，仍然是譬喻法，形容微濕的髮如同莽林，也仍然是倒裝句式，將「你」放在後面，其實，此為第三個重複句型，除了強調的用意之外，並無其它的功用，或許是作者特意而習慣的用法，否則此處改為「**妳微濕的髮彷彿一座莽林**」亦無不可。但是下一句是以「眼神」為主詞，「**眼神是穿梭不定的羚羊，我近近地追**」，因此，為了與下一句相似的句式區隔開來，還是以原句「**彷彿一座莽林妳微濕的髮**」較佳。第二句中詩人強調的是「眼神」，追的是眼神，可就妙了。強調靈動的眼神不可捉摸，如羚羊般快速奔跑，而我卻

「近近地追」可見詩人是非常有把握的，非常有自信，但其溫柔有禮的感覺則蘊含其中。

　　然而，「呼吸過七脈高山七灣河川／被獵的喘息比水蜜桃來得香來得甜」，將描寫的筆鋒放在對方身上，女子的呼吸有些快速，有些不規律，詩人用誇飾法，比喻像是過七脈高山七灣河川那般曲折，而被獵的女子的喘息，卻帶給詩人莫大的喜悅與追逐遊戲的快感，詩人卻不直說，用襯托法（對比），以比較的句型說明比香甜的水蜜桃來得香來得甜，這使得詩人迷戀在對話之中，「我深陷在對話之間，如嵌住的標點；」以標點比喻自己不可自拔地不斷探問，其忘我而迷戀之感由此發酵而出。

　　然而，時間終究會過去，故事也會有畫上句點的時候，第五段放在敘述一切即將結束的時候，所以說，「山櫻把時間和巷子紅紅地焚盡」呼應第一段的雨打在山櫻上慵懶的時刻，經過邂逅之後，山櫻是紅紅的，映照的是詩人內心的喜悅，而「焚盡」見出一切都將結束；「藍色的南瓜車把故事逼到終點」，南瓜車是童話故事中灰姑娘的坐車，像童話般的情節到了終點；「鞋帶緊緊地把妳綁了上去，緊緊地」沒有玻璃鞋，卻有女子穿的現代的鞋子，這一句或許是在說，女子彎身繫了鞋帶，繫了鞋帶表示即將結束或是離開遠去的意思，而由鞋子聯想到灰姑娘，所以在此挑出「南瓜車」，這是童話的意象，與前面提過的少女漫畫相映成趣，因為都是想像的故事，極其浪漫而又富饒情味。而卻「只有左邊的酒渦偷偷旋轉／迷亂了雲，傾盆了一傘雄性的大雨，」彷彿看到女子回眸一笑，淺淺

看了一眼詩人，而詩人便迷醉在酒渦之中，都是這樣的笑，讓人的心在傘下迷亂，像是全世界的雄性的大雨只下在我的傘下！至此，詩人終於把含蓄的情緒放掉，而改以直接了當的譬喻說明自己追求女性的心情。

最後一段詩人跳出自我的詩情詩意之中，對自己下了一個評論與結語：「就這樣我濕透了整個春天的夾克／就這樣捉完一場滂沱的迷藏」然後，補充並呼應第一段未完的語意「今晨有雨，妳沒有帶傘……」。並將刪節號做為總結，讓情緒意猶未盡，引人遐思。此段的意象已不是重點，重點轉移到對於情思纏綿繚繞之感的敘述，並在結構上與前面呼應。

三、標點符號的運用

此詩在每一段的最後一行都留下一個標點符號，從第一段是「──」，代表情意的延長；第二段為「；」，通常「；」的使用是代表語意未完，還可補充說明；第三段為「，」表示情節繼續進行，第四段用的是「；」，表示與下一段有所不同，代表情節變化，語氣轉折。第五段用「，」，表示語氣暫歇，下段繼續情節的進展；第六段為「……」，更有無限延長的意味。

作者從第一段開始所設計的標點符號沒有使用句號，反而都是一些讓文氣語意暫歇或是延長的符號，可見作者在標點符號的設計上暗示希望情意綿長，戀情可續的可能性，所以，戀情之中沒有句點，只有分號與逗號，或是綿綿情思的破折號與

刪節號。再者，詩的每一句並不一定有標點符號，卻在每一段的最後一句都使用了標點符號，卻又不是句號，使得標點符號成為此段的終結，卻不是真正的終結，而是一種暫歇，暫歇之後還具有引起下一段文字與心情的作用，於是，標點符號在於連結上下二段上，卯足了勁，充分發揮其承上啟下的作用，而所承者與一般的段落相承不同，因為符號的關係，故相承之中具有情意綿綿不絕如縷的意味在內，足見作者的用心。

而除此詩之外，陳大為的其它詩作也有相似的筆法，詩人喜歡在每一段的最後一句後面，給予一個標點符號，或逗號或分號或句號，以示段與段之間的關係，此種對於標點符號的用法，與一般詩人根據詩意而添加標點符號的使用法有些不同，這成為詩人的習慣用法，也形成特殊的筆法。

四、結論

縱觀言之，此詩的優點在於詩人可以將彼此微妙的心理，在短短數語之中表露無遺，此見詩人操控文字的功力以及善於塑造意象的巧思。此詩為詩人早期的詩作，用筆靈動輕巧，意象轉換純熟，足見詩人才氣非凡。

◎ 李進文〈情詩〉

◎ 周鼎〈邂逅〉

習 作 與 問 題

一、追求與戀愛，是人生中最美妙的事，也是最甜美的回憶。
　男孩在追求女孩的過程中，內心像是化學變化，一程又一
　程，總在心中攪亂幾池春水，才有勇氣提出追求。請你重
　新閱讀本文，細細體會其中少年郎心中微妙的變化以及如
　何將此情感化為詩句的心情轉折。

二、假設有一個喜歡的對象，而你是追求者，你要如何表達這
　種追求者的情感。請你也自書情詩一首。題目自擬，文長
　不拘。

國家圖書館出版品預行編目資料

細讀新詩的掌紋 ／李翠瑛著. -- 初版. -- 臺

北市：萬卷樓, 2006[民 95]

面； 公分

ISBN 957－739－551－1 (平裝)

1.中國詩－歷史－現代(1900-) 2. 中國詩－

評論

820.9108 94025256

細讀新詩的掌紋

著 者：李翠瑛

發 行 人：許素真

出 版 者：萬卷樓圖書股份有限公司

臺北市羅斯福路二段 41 號 6 樓之 3

電話(02)23216565‧23952992

傳真(02)23944113

劃撥帳號 15624015

出版登記證：新聞局局版臺業字第 5655 號

網 址：http://www.wanjuan.com.tw

E－mail：wanjuan@tpts5.seed.net.tw

承印廠商：晟齊實業有限公司

定 價：240 元

出版日期：2006 年 3 月初版

2006 年 12 月初版二刷

ISBN 957－739－551－1